好きなひとの好きなひと。

～はじめての恋は、三角関係～

小桜すず・作
桃白茉乃・絵

集英社みらい文庫

『恋《こい》と友情《ゆうじょう》
どっちをとる?』
そう聞《き》かれたら
みんなは なんて
答《こた》える?
スイートで淡《あわ》い
ピンクの恋《こい》
さわやかで澄《す》みきった
ブルーの友情《ゆうじょう》
仁《に》菜《な》ちゃん!
中学《ちゅうがく》1年《ねん》
豊崎《とよさき》 仁《に》菜《な》

中学《ちゅうがく》でも仁菜《にな》ちゃんと同《おな》じクラスになれて
とってもうれしい…！
きらめくブルーのカケラを
中学《ちゅうがく》1年《ねん》 如月《きさらぎ》 雫《しずく》
私《わたし》もすっごく幸《しあわ》せ
雫《しずく》のこと大好《だいす》きだから
ずっと大事《だいじ》にしまっていた
手《て》ばなさないように
──豊崎《とよさき》と如月《きさらぎ》って

ほんっと仲《なか》良《い》いんだな
中学《ちゅうがく》１年《ねん》
真田《さなだ》 朝陽《あさひ》
ある日《ひ》はじめて見《み》つけた
甘《あま》くときめくピンクのカケラ

……今日《きょう》 陸上部《りくじょうぶ》ではじめての記録《きろく》の日《ひ》だったのに
……転《ころ》んでうまくいかなくて
失敗《しっぱい》ってがんばってることにはつきものだと思《おも》う
失敗《しっぱい》してもしなくてもやりたいことをまっすぐがんばる
豊崎《とよさき》もそれでいいと思《おも》うな
それはたしかにキラキラな初恋《はつこい》の形《かたち》をしていたけれど

わたし……
かけがえのない
ふたつのカケラが
まさか
交差《こうさ》してしまうなんて
真田《さなだ》くんのことが
……好《す》きなの

できあがった切《せつ》ない三角関係《さんかくかんけい》は
まるでプリズムみたい
もしどちらかを選《えら》ばなきゃいけないとしたら
もしどちらかを失《うしな》ってしまうとしたら

そのとき
私《わたし》が選《えら》ぶのは――……

もくじ

登場人物《とうじょうじんぶつ》
小《しょう》4からの大親友《だいしんゆう》
豊崎仁菜《とよさきにな》
中《ちゅう》1。元気《げんき》で運動《うんどう》が好《す》き！　女子力《じょしりょく》はちょっと低《ひく》め？　雫《しずく》はなにより大切《たいせつ》。
如月《きさらぎ》 雫《しずく》
超美少女《ちょうびしょうじょ》だけど男子《だんし》が苦手《にがて》。仁菜《にな》のことをだれよりも頼《たよ》りにしている。

サッカー部《ぶ》の
キラキラ4人組《にんぐみ》
真田朝陽《さなだあさひ》
圧倒的《あっとうてき》なビジュとサッカーの上手《うま》さをほこる、クール系《けい》イケメン。
神永《かみなが》 爽《そう》
大人《おとな》びた王子様系男子《おうじさまけいだんし》。大人気《だいにんき》アイドルのメンバーでもある！
矢野春輝《やのはるき》
両親《りょうしん》は音楽家《おんがくか》。楽器《がっき》がプロ級《きゅう》に上手《うま》い、かわいい系美少年《けいびしょうねん》。
南波《なんば》 航《わたる》
やんちゃ系《けい》イケメン。仁菜《にな》と小学校《しょうがっこう》が同《おな》じで、よくからかってきていた。

あらすじ

私《わたし》、豊《とよ》崎《さき》仁《に》菜《な》！
大《だい》親《しん》友《ゆう》の雫《しずく》と
同《おな》じ中《ちゅう》学《がく》に入《はい》れて
夢《ゆめ》みたい！

おしとやかで
超《ちょう》美《び》少《しょう》女《じょ》な雫《しずく》と
私《わたし》は正《せい》反《はん》対《たい》だけど、
お互《たが》いになによりも
大《たい》切《せつ》な親《しん》友《ゆう》なんだ。

入《にゅう》学《がく》早《そう》々《そう》、
サッカー部《ぶ》の
イケメン4人《にん》組《ぐみ》と
知《し》り合《あ》っちゃった!?

と思《おも》ったら、
雫《しずく》がその中《なか》のひとり、
真田《さなだ》くんのことを、
もしかして……？
でも私《わたし》も、
真田《さなだ》くんと話《はな》すと、
楽《たの》しいのに胸《むね》が
ちょっぴり切《せつ》ない。
「真田《さなだ》くんのことが……
好《す》きなの」って
雫《しずく》が……。
雫《しずく》がいれば、
私《わたし》はそれだけで幸《しあわ》せ。
だから……でも……
私《わたし》は、どうしたら
いいのかな？
続《つづ》きは
小説《しょうせつ》を
読《よ》んでね！

1 入学式《にゅうがくしき》と新《あら》たな予感《よかん》

満開《まんかい》の桜《さくら》の花《はな》びらが、はらはらと舞《ま》う並木道《なみきみち》。

春風《はるかぜ》がやさしく吹《ふ》いて、太陽《たいよう》の光《ひかり》がキラキラと降《ふ》り注《そそ》いでいる。

私《わたし》、**豊崎仁菜**《とよさきにな》は、今日《きょう》から中学《ちゅうがく》一年生《ねんせい》!

私立三澄学園中学校《しりつみすみがくえんちゅうがっこう》の制服《せいふく》は、とてもかわいい。

パステルブルーのシャツに、ラインの入《はい》った白《しろ》のベスト、胸《むな》もとには赤《あか》いリボンタイがゆれている。そして、チェックのスカートに、グレーのブレザーを合《あ》わせれば、完成《かんせい》!

念願《ねんがん》の制服《せいふく》に身《み》をつつむと、いよいよ中学生《ちゅうがくせい》になったんだ、って実感《じっかん》がわいてくる。

もちろん不安《ふあん》な気持《きも》ちもある。

勉強《べんきょう》とか部活《ぶかつ》とか、小学校《しょうがっこう》のときとはまったくちがう世界《せかい》が待《ま》っているはずだから。きっと、楽《たの》しいことだけじゃないよね……。

緊張《きんちょう》しながらも校門《こうもん》をくぐれば、明《あか》るく気持《きも》ちが弾《はず》みだした。

レンガでできた、まるで洋館《ようかん》みたいな校舎《こうしゃ》。校門《こうもん》から校舎《こうしゃ》までの道《みち》のりには、噴水《ふんすい》と大《おお》きな木《き》がある。この大《おお》きな木《き》は、クリスマスツリーになるんだって。

ガラス張《ば》りの大《おお》きなカフェテリアがあって、その脇《わき》のグラウンドのむこうには、キラキラ反射《はんしゃ》する海《うみ》が見《み》える。

めちゃくちゃステキ！　中学生《ちゅうがくせい》、一気《いっき》に大人《おとな》って感《かん》じ……！

「仁菜《にな》ちゃん、クラス発表《はっぴょう》のところ、もう人《ひと》いっぱいだよ」

「はやく見《み》に行《い》こ、雫《しずく》！」

私《わたし》は、大親友《だいしんゆう》・**如月雫**《きさらぎしずく》の手《て》をひっぱった。

小学校《しょうがっこう》のときから仲《なか》がよくて、大好《だいす》きで大事《だいじ》な女《おんな》の子《こ》だ。

大《おお》きな目《め》に長《なが》いまつ毛《げ》。黒髪《くろかみ》のサラサラロングヘア。透《す》きとおるような白《しろ》い肌《はだ》に、桜色《さくらいろ》のくちびる。

甘《あま》く整《ととの》った顔《かお》は、まるでアイドルみたい。

雫《しずく》は、どこからどう見《み》ても完《かん》ぺきな美少女《びしょうじょ》！

それに、性格《せいかく》もおしとやかで女《おんな》の子《こ》っぽくて、すごくかわいい。ガサツで女子力低《じょしりょくひく》い私《わたし》の正反《せいはん》対《たい》って感《かん》じ。

でもね、不思議《ふしぎ》とすごく気《き》が合《あ》うの。

私《わたし》も雫《しずく》も、家《いえ》から近《ちか》くの私立中学《しりつちゅうがく》を受験《じゅけん》して、無事合格《ぶじごうかく》したんだ。

これでクラスもいっしょなら、最高《さいこう》なんだけど……。

「あー、神様《かみさま》！　どうか、雫《しずく》と同《おな》じクラスになれますように！」

「今《いま》お願《ねが》いしても遅《おそ》いよ。仁菜《にな》ちゃん」

と言《い》いつつも、雫《しずく》も手《て》を組《く》んで、ぎゅっとお祈《いの》りポーズをして見《み》せる。

雫《しずく》ってば、かわいい！　思《おも》わずきゅんとしてしまう。

私《わたし》たちは、うんと背伸《せの》びして、昇降口《しょうこうぐち》に貼《は》られたクラス分《わ》けの紙《かみ》を見《み》た。

「豊崎《とよさき》……豊崎《とよさき》……。あ、あった！　私《わたし》、二組《くみ》だ！」

自分《じぶん》の名前《なまえ》を見《み》つけて、雫《しずく》のほうをむくと。

「わたしも、二組《くみ》……！」

感激《かんげき》して、口《くち》もとを押《お》さえている雫《しずく》。

「まじで!?　やったー！　雫《しずく》とまた同《おな》じクラスだー！」

「よかった……！　仁菜《にな》ちゃんと同《おな》じで、本当《ほんとう》にうれしい」

私《わたし》たちは、手《て》をとりあって喜《よろこ》びをわかちあう。

「仁菜《にな》ちゃんといっしょなら、中学校《ちゅうがっこう》も楽《たの》しくなりそう。ワクワクする……！」

やっぱり雫《しずく》、かわいいなあ！　私《わたし》はぎゅっと雫《しずく》に抱《だ》きついた。

「ちょ、ちょっと仁菜《にな》ちゃん、目立《めだ》っちゃってるよ」

「いーの、いーの！　うれしいんだもん！」

人目《ひとめ》を気《き》にせずくっつく私《わたし》たちを見《み》て、まわりの生徒《せいと》たちがクスクス笑《わら》っている。

いいんだもん。雫《しずく》といっしょにいるのが、いちばん楽《たの》しくて、幸《しあわ》せだから。

私《わたし》と雫《しずく》が仲《なか》よくなったのは、小学四年生《しょうがくよねんせい》の冬《ふゆ》。

私《わたし》はパパの仕事《しごと》で、この街《まち》に引《ひ》っ越《こ》してきた。

小学校《しょうがっこう》のクラスは、すでにグループができていて、なかなかなじめなくて……。

休《やす》み時間《じかん》は、だいたいいつもひとり。たまに男子《だんし》にまざってサッカーしたり、ドッジボールしたりしたけど、それも女子的《じょしてき》には、よくなかったみたいだ。

だって、女子《じょし》はそういうのにうるさいから。

男子《だんし》に近《ちか》づく女子《じょし》がいると、すぐかげ口《ぐち》を言《い》いはじめる。私《わたし》はそういうの、しょーもないって思《おも》ってるけど、そんなの通用《つうよう》しない。

もう、ひとりで過《す》ごしてくしかないかあ……。

そうあきらめかけていたとき。

「あの、……仁菜《にな》ちゃんって呼《よ》んでいい？」と、急《きゅう》に話《はな》しかけてくれたのが、雫《しずく》だった。

雫《しずく》はクラスでもおとなしくて、いつも読書《どくしょ》したり絵《え》を描《か》いたりしていた。

でも、顔《かお》がアイドル並《な》みにかわいいから、目立《めだ》つ女子《じょし》グループから敵視《てきし》されているのを知《し》っていた。

そんな雫《しずく》が、どうして私《わたし》に話《はな》しかけてくれたのかというと……。

「転校初日《てんこうしょにち》に、わたしのキーホルダー、ほめてくれたでしょ？　それが、うれしくて……」

と、はずかしそうに教《おし》えてくれたのだ。

言《い》われてみれば、そんなこともあったなあ。私《わたし》、こう見《み》えて、意外《いがい》とかわいいものが好《す》きだから。

雫《しずく》のペンケースについているのは、うさぎのキーホルダーだった。

ふわふわした生地《きじ》でできた白《しろ》うさぎが、ピンクのリボンがついたワンピースを着《き》ている。

「これね、わたしの手作《てづく》りなの」

「ええっ！　如月《きさらぎ》さんの手作《てづく》り!?　売《う》り物《もの》かと思《おも》ったよ。すごい、すごすぎる！」

「ふふ、ありがとう……」

はにかむ雫《しずく》がかわいいな、って思《おも》った。

今思《いまおも》うと、雫《しずく》は顔《かお》もかわいいけど、やっぱり性格《せいかく》がとにかくかわいい。それで、マシマシで美《び》少女《しょうじょ》に見《み》えちゃう。

そして、次《つぎ》の日《ひ》……。

「……これ、仁菜《にな》ちゃんに作《つく》ってきたの」

なんと、おそろいのうさぎのキーホルダーを作《つく》ってきてくれたんだ！

同《おな》じふわふわの素材《そざい》だけど、色《いろ》はカフェオレ色《いろ》。うさぎちゃんは、ひまわりのついた黄色《きいろ》のワンピースを着《き》ている。雫《しずく》のものと色《いろ》ちがいで、これまたすごくかわいい。

「これ、私《わたし》に⁉　ホントに、ホントに、いいの⁉」

「仁菜《にな》ちゃんがよければだけど……」

「ありがとう！　超《ちょう》うれしい！　一生大事《いっしょうだいじ》にするね！」

キュートすぎる手作《てづく》りのキーホルダーに、私《わたし》は目《め》を輝《かがや》かせた。

すると、雫《しずく》はもじもじとしだした。なんだろう？

「如月《きさらぎ》さん？　どうしたの？」

「……わ、わたしと友《とも》だちになってくれたら、うれしいな……」

内気《うちき》な雫《しずく》が勇気《ゆうき》をだして、伝《つた》えてくれた気《き》持《も》ちがなによりもうれしくて。

「もっちろん！　さっそく、雫《しずく》って呼《よ》ぶね！」

私《わたし》はぎゅっと雫《しずく》に抱《だ》きついた。

「仁菜《にな》ちゃん、どうして笑《わら》ってるの？」

「なんでもなーいっ」

それから二年《ねん》ちょっとが過《す》ぎた今《いま》も、こうして変《か》わらず、雫《しずく》にくっついている。

雫《しずく》とは性格《せいかく》が正反対《せいはんたい》なのに、なぜか話《はなし》も盛《も》りあがって、いっしょにいるとすごく楽《たの》しい。

もちろんうさぎのキーホルダーも、今《いま》もペンケースについている。

「そろそろ教室《きょうしつ》行《い》かなきゃね」

私《わたし》はようやく雫《しずく》からはなれて、歩《ある》きだした。

一年生《ねんせい》の教室《きょうしつ》は、渡《わた》り廊下《ろうか》を渡《わた》った先《さき》にある。

上履《うわば》きに履《は》きかえて、しばらく廊下《ろうか》を進《すす》むと……。

「あの子《こ》、めっちゃかわいい」

「ホントだ。名前《なまえ》なんて言《い》うんだろう？」

ひそひそと話《はな》す先輩《せんぱい》たちの声《こえ》が聞《き》こえてくる。

雫《しずく》、さっそく注目《ちゅうもく》を集《あつ》めてる……！　やっぱり美少女《びしょうじょ》は、みんな二度見《にどみ》しちゃうよね。

雫《しずく》は意外《いがい》と疎《うと》いから、こういう視線《しせん》に気《き》づかないみたい。

小学校《しょうがっこう》では、雫《しずく》は高嶺《たかね》の花《はな》って感《かん》じで、男子《だんし》もなかなか話《はな》しかけられずにいたし。

でも、中学《ちゅうがく》では、カッコいい先輩《せんぱい》とかから告白《こくはく》されちゃうのかな？

「もしかしたら、雫《しずく》に彼氏《かれし》とか、できちゃうかも……？」

そう口《くち》にだしたら、一気《いっき》に不安《ふあん》が押《お》し寄《よ》せてきた。

「そんなの、やだよーっ！　ずっと雫《しずく》といっしょにいたいのに！」

私《わたし》は、小《ちい》さい子《こ》が駄々《だだ》をこねるみたいに声《こえ》をあげた。

やだやだ。彼氏《かれし》と帰《かえ》るから、とか言《い》われて、私《わたし》は後《あと》まわしにされちゃったりして!?

「仁菜《にな》ちゃんってば、なに言《い》ってるの。男子《だんし》は乱暴《らんぼう》でこわいし……。わたしは、仁菜《にな》ちゃんがいればそれでいいの」

困《こま》ったように、でもうれしそうににっこりと笑《わら》う雫《しずく》。

ううーっ、かわいすぎる！　この笑顔《えがお》、守《まも》りたい！

「仁菜《にな》ちゃんこそ、モテるから、すぐ彼氏《かれし》できちゃうよ。わたしのほうが不安《ふあん》……」

渡《わた》り廊下《ろうか》についたころ、急《きゅう》に雫《しずく》がそんなことを言《い》いだした。

ええ？　私《わたし》がモテる？　ありえない、ありえない！

「それ、雫《しずく》のまちがいでしょ？」

「仁菜《にな》ちゃん、気《き》づいてないだけで、男子《だんし》からの人気高《にんきたか》いんだよ？　明《あか》るくて話《はな》しやすくて、スポーツ万能《ばんのう》だし、小学校《しょうがっこう》でも目立《めだ》ってたでしょ」

「いやいや！　それ、ぜったい女子《じょし》としてじゃないし！　モテてるとはちがうって」

私《わたし》が否定《ひてい》しても、雫《しずく》は不服《ふふく》そうに、うーんとうなった。

「本当《ほんとう》なんだよ。たとえば、小四《しょう》で同《おな》じクラスだった、南波航《なんばわたる》くんとか……」

「え？」

聞《き》きかえした、そのときだった。

渡《わた》り廊下《ろうか》の奥《おく》にあるグラウンド。

そこから、なにかまるいものがびゅんっと近《ちか》づいてきた。

……さ、サッカーボール!?

ボールが雫《しずく》の背中側《せなかがわ》から、いきおいよく飛《と》んできていたのだ。

どうしよう。このままだと、雫《しずく》にぶつかる！

「雫《しずく》、危《あぶ》ない！」

「え？」

私《わたし》はとっさに、雫《しずく》の前《まえ》にでようと身《み》をのりだす。

雫《しずく》にさえ当《あ》たらなければ……！　でも、もう間《ま》に合《あ》わない！

雫《しずく》がふりむいて、ボールに気《き》づく。そしてぎゅっと目《め》をつぶった、その瞬間《しゅんかん》。

とつぜんかげがかかり、視界《しかい》が暗《くら》くなった。

――バシッ。

かわいた音《おと》にはっとして、おそるおそる目《め》を開《ひら》くと――……。

「……**大丈夫《だいじょうぶ》か？**」

立《た》ちつくす私《わたし》たちの前《まえ》には、ひとりの男子《だんし》が立《た》っていた――。

私《わたし》たちをかばいながら、手《て》でボールをはじいてくれたらしい。

すらりとした長身《ちょうしん》のシルエットの彼《かれ》が、ゆっくりと私《わたし》たちのほうをふりかえる。

風《かぜ》になびくサラサラの髪《かみ》。通《とお》った鼻筋《はなすじ》に、切《き》れ長《なが》のきれいな瞳《ひとみ》。

まるでスローモーションみたいに、目《め》と目《め》が合《あ》って、息《いき》が止《と》まる。

この人《ひと》、すっごくカッコいい……。ただ顔《かお》がカッコいいんじゃなくて、すいこまれちゃいそうなオーラがある。

ドキドキと胸《むね》が高《たか》なり、なんだか呼吸《こきゅう》をするのを忘《わす》れてしまう……。

「……ありがとうございます……」

ようやく声《こえ》がでたと思《おも》ったら、雫《しずく》と言葉《ことば》が重《かさ》なった。

その男子《だんし》は、わずかにうなずいたあと、すぐ背《せ》をむけて行《い》ってしまった。

なんだったんだろう、今《いま》の感覚《かんかく》……。

まるで時計《とけい》が止《と》まったみたいな、不思議《ふしぎ》な時間《じかん》だった。

「びっくりしたね、しず……」

雫《しずく》、と言《い》おうとして、横《よこ》をむいて、私《わたし》は息《いき》をのんだ。

「……雫《しずく》……？」

雫《しずく》は、今《いま》の男子《だんし》に釘《くぎ》づけになっていた。

まるで恋《こい》する乙女《おとめ》のような、切《せつ》なくて甘《あま》い横顔《よこがお》をしている。

ドキン、とわかりやすく心臓《しんぞう》が跳《は》ねた。

雫《しずく》？　いったい、どうしちゃったの……？

毎日《まいにち》いっしょにいた私《わたし》でも、こんな表情《ひょうじょう》の雫《しずく》は、今《いま》まで見《み》たことない。

雫《しずく》のようすが、変《へん》だよ……？

「……あっ、ごめんね。ぼーっとしてた。ホント、びっくりしたね」

はっとわれにかえった雫《しずく》が、苦笑《にがわら》いした。

「大丈夫《だいじょうぶ》？」

「う、うん。おどろいただけだから」

本当《ほんとう》かな？

首《くび》を傾《かし》げていると、近《ちか》くにいた女子生徒《じょしせいと》が徐々《じょじょ》にざわめきだしているのを感《かん》じた。

「わ、うわさのサッカー部《ぶ》一年《ねん》たちじゃない？」

「ホントだ！　同《おな》クラのサッカー部《ぶ》たちが言《い》ってたとおり、イケメンぞろい！」

二年《ねん》の先輩《せんぱい》たちの、ハイテンションな声《こえ》が聞《き》こえてくる。

なに？　うわさのサッカー部《ぶ》一年《ねん》、って……？

「あの四人《よにん》、入学《にゅうがく》する前《まえ》の春休《はるやす》みからサッカー部《ぶ》の練習《れんしゅう》に参加《さんか》して、先輩《せんぱい》たちを圧倒《あっとう》するくらいうまかったらしいよ！」

「入学式《にゅうがくしき》の朝《あさ》からサッカーしてるとか、カッコいい！　年下《としした》だけど、推《お》せる～」

そんなにうわさの的《まと》になるような存在《そんざい》がいるんだ。いったい、どんな人《ひと》たちなんだろう？

そう思《おも》って、改《あらた》めてボールを蹴《け》っていた男子《だんし》に視線《しせん》を移《うつ》したところで。

「ねえ、仁菜《にな》ちゃん。あの人《ひと》たち、こっちに来《き》てない？」

「ホ、ホントだ！」

雫《しずく》の声《こえ》ではっとする。ちょうど、うわさの的《まと》だった四人《よにん》が、遠《とお》くからこっちにやってきた！

わわ、近《ちか》づいてくる……。

っていうか、この人《ひと》たち、なんかまぶしい！

「……きみたち、ごめん。謝《あやま》りにきたんだ。ケガはないかな？」

最初《さいしょ》に声《こえ》を発《はっ》したのは、はちみつ色《いろ》の髪《かみ》がさらりとなびく、笑顔《えがお》がステキな王子様系男子《おうじさまけいだんし》。

すっごくさわやかなオーラがでてる。っていうか、どこかで見《み》たことがあるような……。

「神永爽《かみながそう》くんだ！　今人気《いまにんき》のアイドル『トパーズ』のメンバーが、うちの学校《がっこう》にいるなんて……！」

「知《し》ったとき、びっくりしたよね。本当《ほんとう》に笑顔《えがお》がさわやかで、リアル王子《おうじ》すぎる！」

そうだ、神永爽《かみながそう》くんって、テレビや雑誌《ざっし》で何度《なんど》も見《み》たことがある。

頭《あたま》がよくてスポーツ万能《ばんのう》で、クイズ番組《ばんぐみ》でもバラエティでも大活躍《だいかつやく》してたな。

話《はな》すとおだやかでやさしそうな印象《いんしょう》で、たしかいちばん人気《にんき》なメンバーなんだ。

うちの学校《がっこう》に、そんなアイドルがいるとは……。

「ったく。鈍《どん》くせーな！　よけろよな。これだから運動《うんどう》オンチは」

次《つぎ》にあらわれたのは、日《ひ》に焼《や》けた肌《はだ》にこげ茶《ちゃ》の髪《かみ》と瞳《ひとみ》が似合《にあ》う、やんちゃ系《けい》スポーツマン男子《だんし》。

え、この人《ひと》も、どっかで見《み》たことあるけど……、どこのだれだっけ!?

「**南波航**《なんばわたる》くんだ！　南波《なんば》クリニックのひとり息子《むすこ》！　さらに、超俊足《ちょうしゅんそく》のイケメン！」

「口《くち》が悪《わる》くてやんちゃ、って聞《き》いたけど、そこもまたギャップ！」

南波航《なんばわたる》、って……。思《おも》いだした！

小四《しょう》で引《ひ》っ越《こ》してきたとき、クラスが同《おな》じだった、あの南波《なんば》くん!?

小五・小六《しょう》でははクラスがはなれて、かかわりがなくなったけど、私《わたし》、よく絡《から》まれてたな。

まさか、中学《ちゅうがく》でもいっしょになるなんて！

背《せ》はすこしだけ伸《の》びて、前髪《まえがみ》をあげているから、整《とと》った顔《かお》もより目立《めだ》つ。

キラキラ集団《しゅうだん》に入《はい》っても、遜色《そんしょく》ない、って言《い》ったら失礼《しつれい》だけど、イケメンって言《い》われてたよね。

南波《なんば》くんって、学力《がくりょく》と運動神経《うんどうしんけい》がバツグンで、たしか女子《じょし》からも人気《にんき》あった気《き》がする。

ま、小学生《しょうがくせい》なんて、頭《あたま》よくて足《あし》が速《はや》いだけで二割増《わりま》しでカッコよく見《み》えちゃうもんね。

「もう、航《わたる》ってばー！　そんな言《い》い方《かた》しちゃだめでしょ？　ホントに、ごめんねっ！」

三人目《にんめ》に登場《とうじょう》したのは、栗色《くりいろ》のふわっとしたくせ毛《げ》にくりっとまるいたれ目《め》の、かわいい系男《けいだん》子《し》。

ほかの三人《にん》よりは背《せ》が低《ひく》めだけど、顔《かお》の整《とと》い方《かた》はＴＨＥ《ザ》海外《かいがい》の美少年《びしょうねん》って感《かん》じ。

「**矢野春輝**《やのはるき》くん、やっぱりかわいい〜。両親《りょうしん》が音楽家《おんがくか》で、できない楽器《がっき》はないんだってね」

「矢野《やの》くんのオーラに癒《い》やされまくるよね。両親《りょうしん》といっしょに海外《かいがい》をわたりあるいてるらしいよ！」

声《こえ》も高《たか》くて親《した》しみやすそうって思《おも》ったけど、経歴《けいれき》がすごすぎる……。

私《わたし》、ピアノはむいてなくて二ヶ月《げつ》でやめちゃったし、海外《かいがい》なんて行《い》ったこともないよ。

雲《くも》の上《うえ》の世界《せかい》の人《ひと》だ……。

三人《にん》の育《そだ》ちや美貌《びぼう》に圧倒《あっとう》されていると、最後《さいご》にもうひとりが声《こえ》を発《はっ》した。

「……入学式《にゅうがくしき》からサッカーか。まあ、俺《おれ》らしいけどな」

……そして四人目《よにんめ》は、今守《いままも》ってくれた、パーフェクトなクール系男子《けいだんし》。

「**真田朝陽**《さなだあさひ》くん、やばい。すっごいイケメン……。サッカーで超有名《ちょうゆうめい》だよね」

「スポーツ雑誌《ざっし》にのったり、海外《かいがい》のチームからオファーがいっぱいきたりしてるんだって！　さらにあのカッコよさ、ずるいよね！」

「クールで女子《じょし》を寄《よ》せつけない感《かん》じがあるけど、どんな子《こ》を好《す》きになるのかな」

真田朝陽《さなだあさひ》くん、っていうんだ。そんなにサッカーがうまいのか。

というか、こんなにオーラがある人《ひと》、見《み》たことないんだけど。……実際《じっさい》は、どんな人《ひと》なんだろ

う？

てか、こうして間近《まぢか》に来《く》ると、キラキラ集団《しゅうだん》すぎて、なんか直視《ちょくし》できない……！

「で、あの子《こ》たちなんなの？　あの四人《よにん》とどういう関係《かんけい》？」

うわさしていた先輩《せんぱい》らしき女子《じょし》たちが、私《わたし》と雫《しずく》にするどい視線《しせん》をむけてくる。

ええっ。私《わたし》たち、なにも知《し》らないし、関係《かんけい》ないのにっ！

私《わたし》は「大丈夫《だいじょうぶ》ですので、では！」と雫《しずく》の分《ぶん》まで大声《おおごえ》でこたえ、背《せ》をむけた。

「雫《しずく》、早《はや》く教室《きょうしつ》行《い》こう」

「う、うん……」

たしかにキラキラ集団《しゅうだん》だったけど、こんな日《ひ》にまでサッカーしなくてもいいじゃん！

あの男子《だんし》がかばってくれなきゃ、あぶなかったし。

それよりも……。

私《わたし》は、さっきの雫《しずく》の表情《ひょうじょう》が目《め》に焼《や》きついて、はなれなかった。

雫《しずく》のあの横顔《よこがお》は、いったいなんだったの……？

雫《しずく》は、なにを思《おも》っていたんだろう――？

2 キラキラまぶしい男《おとこ》の子《こ》たち

「雫《しずく》、ひとり挟《はさ》んでとなりの席《せき》だ！」

「わあ、ホントだね……！」

入学式《にゅうがくしき》までは、教室《きょうしつ》で担任《たんにん》の先生《せんせい》を待《ま》つことになる。

教室《きょうしつ》の黒板《こくばん》に貼《は》ってある座席表《ざせきひょう》は、出席番号順《しゅっせきばんごうじゅん》。

私《わたし》の席《せき》はいちばん後《うし》ろの列《れつ》で、右《みぎ》に男子《だんし》をひとり挟《はさ》んで、雫《しずく》がそのとなりにいる。

自分《じぶん》の席《せき》に行《い》って、スクールバッグをどかっとおいたとき。

「……あっ！」

「あ……」

思《おも》わず声《こえ》にだしてしまった。どうやら雫《しずく》も、ほぼ同時《どうじ》に気《き》がついたみたいだ。

「あ、さっき、ボールぶつけられそうになってたヤツか」

例《れい》のクール男子《だんし》が、私《わたし》と雫《しずく》の間《あいだ》の席《せき》だったのだ！

やっぱり、超《ちょう》イケメン……、って、見《み》とれてる場合《ばあい》じゃなくて！

「さっきは、ありがとう！　えーと、名前《なまえ》……」

「俺《おれ》、真田朝陽《さなだあさひ》。……ケガとか、大丈夫《だいじょうぶ》だったか？」

そうだ。真田朝陽《さなだあさひ》くん、って聞《き》こえた。名前《なまえ》までイケメンっぽい。

それでいて、たしかサッカーの実力《じつりょく》もずばぬけてるんだっけ。

「私《わたし》、豊崎仁菜《とよさきにな》！　真田《さなだ》くんのおかげで、大丈夫《だいじょうぶ》だったよ！」

私《わたし》は自己紹介《じこしょうかい》して、雫《しずく》に視線《しせん》を移《うつ》す。でも、雫《しずく》ははずかしそうにうつむいている。

そうだ。雫《しずく》、めちゃくちゃ人見知《ひとみし》りなんだった！

「この子《こ》、私《わたし》の大大大親友《だいだいだいしんゆう》の、如月雫《きさらぎしずく》。超仲《ちょうなか》よしなの！」

私《わたし》の言葉《ことば》で、ようやく雫《しずく》はぺこりとおじぎをした。

雫《しずく》、真田《さなだ》くんの目《め》をぜんぜん見《み》られてないじゃん！

「あ、ありがとう、真田《さなだ》くん……」

はずかしがりながらも、小《ちい》さな声《こえ》でお礼《れい》を言《い》う雫《しずく》。

途端《とたん》に、きゅーんと胸《むね》がときめく。

雫《しずく》、超《ちょう》かわいいな！　私《わたし》がときめいてどうする、って感《かん》じだけど！

こんなの、男子《だんし》はすぐ恋《こい》に落《お》ちちゃうよ！

「言《い》っとくけど、私《わたし》の親友《しんゆう》だから、安易《あんい》に近《ちか》づいちゃだめだからね！」

「なんで豊崎《とよさき》にそんな権利《けんり》があるんだよ……」

「親友《しんゆう》だからだよっ！　そもそも、私《わたし》たちの間《あいだ》の席《せき》に入《はい》るなんて、百年早《ひゃくねんはや》い！」

「それは出席番号順《しゅっせきばんごうじゅん》なんだから、しかたないだろ」

真田《さなだ》くんは私《わたし》にツッコんで、雫《しずく》がクスクスと笑《わら》う。

「あー、大変《たいへん》な席《せき》になっちまった」

「雫《しずく》がかわいいからって、授業中《じゅぎょうちゅう》に右《みぎ》ばっかり見《み》ないように！」

「ちょっと、仁菜《にな》ちゃん……！」

雫《しずく》がおろおろと慌《あわ》てて、私《わたし》の腕《うで》をぎゅっとつかんでくる。

こういうひとつひとつの仕草《しぐさ》も、雫《しずく》は女《おんな》の子《こ》っぽい。

「ねえねえ、なんの話《はなし》してるのー？」

そのとき、かわいい声《こえ》がして見上《みあ》げれば、さっきのたれ目《め》の男子《だんし》がいた。

栗色《くりいろ》のやわらかな髪《かみ》とまるい目《め》が特徴的《とくちょうてき》だ。

「あっ、ボール当《あ》てちゃいそうになった子《こ》たちだよね？　さっきはほんっとにごめんね。僕《ぼく》の名《な》前《まえ》、矢野春輝《やのはるき》って言《い》うの。ぜったい覚《おぼ》えてねっ」

たれ目《め》のかわいい系美少年《けいびしょうねん》は、矢野《やの》くん。覚《おぼ》えた！

音楽《おんがく》がめっちゃ得意《とくい》で、音楽家《おんがくか》の両親《りょうしん》といっしょに海外《かいがい》を飛《と》びまわってるんだっけ……。

「さっきはごめん。ケガしなかった？　俺《おれ》、神永爽《かみながそう》って言《い》います。これからよろしくね」

そのとなりには、はちみつ色《いろ》の髪《かみ》がかがやく、王子系《おうじけい》のさわやか男子《だんし》がいる。

そう、神永《かみなが》くんは、『トパーズ』って大人気《だいにんき》アイドルのメンバーだよね！　いつもテレビで見《み》てた人《ひと》と、普通《ふつう》に話《はな》してるのが信《しん》じられないよ……。

アイドルのキラキラオーラをはなっていて、笑顔《えがお》も本物《ほんもの》の王子様《おうじさま》みたいだ。

三澄学園《みすみがくえん》には、才能《さいのう》のある人《ひと》が揃《そろ》ってるんだな……。

「豊崎仁菜《とよさきにな》って言《い》います。よろしく！」

「……き、如月雫《きさらぎしずく》、です」

私《わたし》と雫《しずく》は、本日《ほんじつ》二回目《かいめ》の自己紹介《じこしょうかい》をした。雫《しずく》、自分《じぶん》で言《い》えるようになってる！

先輩《せんぱい》たちからもうわさされてた、サッカー部《ぶ》のキラキラ集団《しゅうだん》だよね！

あれ、あとひとりは……。

「……ああっ、南波航《なんばわたる》！」

目線《めせん》を移《うつ》して、とっさにフルネームを呼《よ》んでしまった。

わすれないよ、引《ひ》っ越《こ》してきたばかりの私《わたし》を、散々《さんざん》からかった相手《あいて》だもん。

小《しょう》五・小《しょう》六でやっとクラスがはなれて、中学《ちゅうがく》はぜったいに別々《べつべつ》と思《おも》ってたのに……。

「まさかお前《まえ》も、三澄《みすみ》に合格《ごうかく》してたとはな。如月《きさらぎ》さんと今《いま》もまだ仲《なか》いいなんて、びっくりだぜ」

「あたりまえだよ！　失礼《しつれい》な！」

「いまだに信《しん》じられねえよ。お前《まえ》もすこしはおしとやかになってると思《おも》ったのに、ぜんぜんだしよ」

「うるさいっ！　南波《なんば》くんだって、ぜんぜん変《か》わってないじゃん！」

ほら、性格《せいかく》は小学生《しょうがくせい》のときと同《おな》じだ。すぐ私《わたし》にだけ、いじわるなことを言《い》ってくる。

「如月《きさらぎ》さんはやさしいから、お前《まえ》がかわいそうで仲《なか》よくしてくれてるだけじゃね？」

「ちがう！　いちばん仲《なか》いい親友《しんゆう》だもん」

むっとして言《い》い合《あ》いをしていると、とつぜん私《わたし》の手《て》にあたたかな感触《かんしょく》があった。

んん？

「に、仁菜《にな》ちゃん、今日《きょう》もいっしょに帰《かえ》ろうね。約束《やくそく》だよ？」

見《み》れば、雫《しずく》が私《わたし》の手《て》を握《にぎ》っていて、小《ちい》さな声《こえ》でそう言《い》った。

「わたし、仁菜《にな》ちゃんのこと、だれよりも頼《たよ》りにしてるから……」

雫《しずく》……！

雫《しずく》は雫《しずく》なりに、私《わたし》のこと助《たす》けようとしてくれてるんだ。

南波《なんば》くんみたいなタイプ、きっと苦手《にがて》なはずなのに。

かわいそうで仲《なか》よくしてるわけじゃない、ってどうにか伝《つた》えようとしてくれてるんだよね。

「こら、航《わたる》はそうやって女子《じょし》にいじわる言《い》わない」

「そうだよ！　女《おんな》の子《こ》いじめるの、だめだよ！」

神永《かみなが》くん、矢野《やの》くんの指摘《してき》に、南波《なんば》くんはやっと口《くち》をつぐんだ。

まったく、もう！　南波《なんば》くんと同《おな》じクラスなんて、幸先悪《さいさきわる》い！

「……」

みんなが話《はな》しているなかでも、真田《さなだ》くんだけは、だまっている。

やっぱり、クールだよね。さっきはすこし会話《かいわ》したけど、まだ距離《きょり》があるっていうか……。

「あっ、先生来《せんせいき》た。席《せき》もどらなきゃ！」

先生《せんせい》が教室《きょうしつ》に入《はい》ってきて、みんなは自分《じぶん》の席《せき》にもどっていく。

クラスの女子《じょし》たちは、この四人《よにん》と同《おな》じクラスになって、みんなでさわいだり見《み》つめたりして、明《あき》らかにテンションがあがってるのがわかった。

平凡《へいぼん》な私《わたし》からすると、やっぱり別世界《べっせかい》の人《ひと》たちって感《かん》じがするよ。

そんなことをぼんやり考《かんが》えていたら、となりの席《せき》にいる真田《さなだ》くんが、不意《ふい》に私《わたし》のほうを見《み》た。

「……豊崎《とよさき》」

「ん？　どうしたの？」

真田《さなだ》くんはおもむろに近寄《ちかよ》ると、私《わたし》のほうへと手《て》を伸《の》ばしてきた。

――トクン。

え、なに……？

「髪《かみ》に桜《さくら》、ついてる」

「あ、ありがとう！」

真田《さなだ》くんは私《わたし》の髪《かみ》についていた花《はな》びらを、やさしくはらってくれた。

な、なんだー。桜《さくら》の花《はな》びらか。

心臓《しんぞう》、止《と》まるかと思《おも》った……！

真田《さなだ》くんの行動《こうどう》に、なぜか鼓動《こどう》はしばらくすこし速《はや》いままだった。

「はあーっ。男子《だんし》ってなんであんなに、こどもっぽいんだろ？」

「みんな、すごく元気《げんき》だよね……」

入学式《にゅうがくしき》をおえて、私《わたし》は雫《しずく》と廊下《ろうか》を歩《ある》きながら、愚痴《ぐち》をこぼしていた。

南波《なんば》くんって、口《くち》を開《ひら》けばすぐ私《わたし》のことをからかってくる。

でも転校《てんこう》したてのときは、サッカーとかドッジボールに率先《そっせん》してさそってくれたりしたっけ？

それも、いつのまにかなくなっていったけれど……。

なんか小学生《しょうがくせい》の高学年《こうがくねん》くらいって、男女《だんじょ》で一気《いっき》に距離《きょり》ができるよね。

前《まえ》はいっしょに遊《あそ》んでたはずなのに、うまくしゃべれなくなるの。

男子《だんし》はうるさい、女子《じょし》はこわい、みたいにそれぞれ対立《たいりつ》して、仲《なか》が悪《わる》くなっちゃって……。

中学《ちゅうがく》からは、その壁《かべ》がなくなっていくかな？　そうだといいな。

「彼氏《かれし》とか恋愛《れんあい》とか、あこがれも全《まった》くないわけじゃない……けどね」

そのとき、ぼそっと雫《しずく》がつぶやいた。

「え！　そうなの？」

「う、うん。今《いま》すぐじゃないけど、いつかは……」

雫《しずく》、男子《だんし》のことをこわいとか苦手《にがて》とか言《い》ってたはずなのに……。

意外《いがい》すぎるよ。雫《しずく》がそんなこと言《い》いだすなんて。

そのとき、グラウンドからは活気《かっき》のある声《こえ》が聞《き》こえてきた。サッカー部《ぶ》だ。

「朝陽《あさひ》、こっち！」

そのなかで、ひと際大《きわおお》きく耳《みみ》に届《とど》いた声《こえ》。……真田《さなだ》くん、いるんだ。

黒地《くろじ》に青《あお》のラインの入《はい》った、サッカー部《ぶ》のジャージを着《き》ていて、制服姿《せいふくすがた》とはちがった大人《おとな》っぽいイメージだった。

真田《さなだ》くんたち、春休《はるやす》みから部活《ぶかつ》にまざってたって言《い》ってたけど……。

「わあ……うまい！」

一瞬《いっしゅん》見《み》ただけでも、真田《さなだ》くんのレベルが一段《いちだん》と高《たか》いのがわかる。

華麗《かれい》に敵《てき》をかわしながらドリブルをして、ゴールへ一直線《いっちょくせん》に進《すす》む。

――ザンッ。

真田《さなだ》くんのはなったシュートは、見事《みごと》にゴールネットにすいこまれた。

「すごいっ！　ナイシュー！　雫《しずく》、すごいね！」

「……っ、さ、真田《さなだ》くん、すごくカッコいい……」

ふと雫《しずく》を見《み》やって、思《おも》わず息《いき》をのむ。

真田《さなだ》くんに、目《め》をうばわれてる……？

……私《わたし》なんて、まるで視界《しかい》にうつっていないくらい、雫《しずく》の視界《しかい》は、真田《さなだ》くんで染《そ》まっているように見《み》えた。

でも、不思議《ふしぎ》だ。私《わたし》もちょっとその気持《きも》ちがわかるような気《き》がする。

雫《しずく》みたいに、なんだか真田《さなだ》くんを目《め》で追《お》ってしまうんだ。

3 水《みず》しぶきに浮《う》かんだ虹《にじ》

入学式《にゅうがくしき》の日《ひ》から、二週間《しゅうかん》――。

「よーい、はいっ」

部長《ぶちょう》のかけ声《ごえ》で、体育着《たいいくぎ》の部員《ぶいん》たちがいっせいに走《はし》りだす。

中学《ちゅうがく》からいよいよ始《はじ》まる部活動《ぶかつどう》――私《わたし》は陸上部《りくじょうぶ》に入部《にゅうぶ》した。

もともと走《はし》るのは得意《とくい》だったし、見学《けんがく》したときの雰囲気《ふんいき》のよさに惹《ひ》かれたの。

男女合《だんじょあ》わせて三十人《にん》くらいで、厳《きび》しすぎずゆるすぎない感《かん》じの空気感《くうきかん》。

雫《しずく》は、まだ入《はい》りたい部活《ぶかつ》が見《み》つからないみたいだけど、きっと文化系《ぶんかけい》の部活《ぶかつ》にするんじゃないかな？

「じゃあ、五分休憩《ふんきゅうけい》ー」

軽《かる》いランニングを終《お》えて、部長《ぶちょう》が部員《ぶいん》みんなを見回《みまわ》して言《い》った。

「ふぅー……」

つかれたなあ。もっともっと体力《たいりょく》つけないと、だめだ。

ため息《いき》をつきながら、水筒《すいとう》に口《くち》をつけたとき。

「あ……！」

思《おも》わず声《こえ》をあげてしまう。

グラウンドのとなりでは、サッカー部《ぶ》が練習中《れんしゅうちゅう》。ちょうど今《いま》、真田朝陽《さなだあさひ》くん、神永爽《かみながそう》くん、南《なん》波航《ばわたる》くん、矢野春輝《やのはるき》くんのキラキラ集団《しゅうだん》が同《おな》じチームでプレーしてる。

サッカー部《ぶ》は男子《だんし》だけなのに、四十人《にん》くらい部員《ぶいん》がいて、練習《れんしゅう》もハード。

スタメンをとるのも大変《たいへん》だって、クラスの女子《じょし》たちが言《い》ってた。

でも、そんな厳《きび》しい環境《かんきょう》でも、一目《いちもく》おかれているのが……。

「そっちカバー！　爽《そう》！」

「航《わたる》、ターン！」

神永《かみなが》くんの堅《かた》いディフェンスで、相手《あいて》ボールをさらっとうばうと。

南波《なんば》くんがサイドから俊足《しゅんそく》を活《い》かして、一気《いっき》にボールを敵陣《てきじん》に押《お》しすすめる。

「春輝《はるき》、パス受《う》けろ」

「よしっ。朝陽《あさひ》たのんだよっ！」

矢野《やの》くんは、すばやいステップで先輩《せんぱい》たちを何人《なんにん》もかわしていく。

そして、最後《さいご》にボールを受《う》けとって、シュートを打《う》ったのは真田《さなだ》くん。

「きまった……！」

ボールは華麗《かれい》にゴールネットにつきささった。

すごい……。やっぱり真田《さなだ》くんたち、圧倒的《あっとうてき》にうまい！

敵《てき》チームの部員《ぶいん》たちは、くやしそうに顔《かお》をゆがめている。

神永《かみなが》くん、南波《なんば》くん、矢野《やの》くんはいっせいに真田《さなだ》くんのまわりに集《あつ》まり、頭《あたま》をぐしゃぐしゃなでたり、ハイタッチしたり、喜《よろこ》びをわかちあっている。

真田《さなだ》くん……。サッカーになると、あんなうれしそうな顔《かお》もするんだ……。

「サッカー部《ぶ》一年《ねん》の四人《よにん》、カッコよすぎるね！　仁菜《にな》っち、同《おな》クラなんでしょ」

「そうなんです！」

「うわーっ、うらやましい！　あれじゃ、モテモテだろうなあ」

陸上部《りくじょうぶ》の女子《じょし》の先輩《せんぱい》たちのうっとりした横顔《よこがお》に、私《わたし》は苦笑《くしょう》する。

あの四人《よにん》、サッカーすごく上手《じょうず》なんだな。

私《わたし》も、負《ま》けてられない！　あんなふうに、まわりをおどろかせるくらい、速《はや》く走《はし》れるようになりたい……！

真田《さなだ》くんたちを見《み》てたら、よりいっそうやる気《き》がみなぎってきた。

「そろそろ次《つぎ》のメニューにいくよ！」

フォームに気《き》をつけながら、一生《いっしょう》けんめい走《はし》ったり。

休憩中《きゅうけいちゅう》に、先輩《せんぱい》にコツを聞《き》きにいったりした。

すこしずつでもいい。真田《さなだ》くんたちみたいに、上達《じょうたつ》して活躍《かつやく》したい！

「おつかれさまでしたー！」

部活《ぶかつ》がおわって、空《そら》はあざやかな茜色《あかねいろ》と、深《ふか》い紺色《こんいろ》に半分《はんぶん》ずつ染《そ》まっている。

わたあめみたいな夕雲《ゆうぐも》がいくつも浮《う》かんで、気持《きも》ちのいい夕暮《ゆうぐ》れだ。

「仁菜《にな》、いっしょに帰《かえ》ろう」

「ごめん。私《わたし》、ちょっと水道《すいどう》行《い》ってくる！　先《さき》に帰《かえ》ってて！」

「オッケー。バイバイ！」

私《わたし》は部活《ぶかつ》の友《とも》だちに手《て》をふって、校門《こうもん》とは反対方向《はんたいほうこう》に進《すす》んだ。

ちょっと水《みず》を飲《の》んだら、自主練《じしゅれん》しよう。私《わたし》、みんなよりも体力《たいりょく》がたりないもん。部室《ぶしつ》をでて、すこし進《すす》んだ先《さき》にある水道《すいどう》についたとき。

「……あ！」

「豊崎《とよさき》。おつかれ」

水道《すいどう》で水《みず》を飲《の》んでいる真田《さなだ》くんと遭遇《そうぐう》した。

汗《あせ》ですこし髪《かみ》が濡《ぬ》れていて、いつもよりおとなっぽく見《み》える……気《き》がする。

「おつかれ！　真田《さなだ》くん、部活《ぶかつ》おわったの？」

「ああ。今《いま》から着《き》がえるとこ」

「真田《さなだ》くん、めちゃくちゃサッカー上手《じょうず》なんだね！　つい応援《おうえん》しちゃった！」

私《わたし》が何気《なにげ》なく笑《わら》うと、真田《さなだ》くんの頬《ほお》はほんのちょっぴり赤《あか》くなった。

「やっぱり、相当努力《そうとうどりょく》もしてるってことだよね。だからあんなに上手《じょうず》なんだよね、きっと！」

「……さあな」

謙遜《けんそん》しなくてもいいのに！　遠慮深《えんりょぶか》いんだな、真田《さなだ》くんって。

私《わたし》はそのようすに気《き》をとられながら、水《みず》を口《くち》にふくみ、蛇口《じゃぐち》をしめようとして……。

――バシャッ！

え、まさか私《わたし》、逆方向《ぎゃくほうこう》にひねった!?

「わっ!?」

反対《はんたい》にまわした蛇口《じゃぐち》から、ものすごいいきおいで水《みず》が流《なが》れてくる。

ざあっと水《みず》しぶきがあがって、キラキラとまばゆい太陽《たいよう》に反射《はんしゃ》した。

水《みず》しぶきには七色《なないろ》の虹《にじ》が映《うつ》しだされて、そのむこうに見《み》えるのは、まっすぐな瞳《ひとみ》をした真田《さなだ》くん。なんだか、もっとキラリと光《ひか》っているように見《み》えて……。

……って、そんなことを思《おも》った一秒後《びょうご》。

「ぎゃあっ」

私《わたし》の喉《のど》から、かわいくない声《こえ》が飛《と》びでてきた。

私《わたし》と真田《さなだ》くんの体育着《たいいくぎ》、一気《いっき》にびしょ濡《ぬ》れになっちゃった!

一瞬《いっしゅん》で顔《かお》が青《あお》ざめて、額《ひたい》からは汗《あせ》がたらりとたれてくる。

「ご、ごめん!　ホントに、ごめん!」

「……」

真田《さなだ》くんは、なにも言《い》ってくれない。

それどころか、あっけにとられている。

やばい、どうしよう。ぜったいぜったい、おこってるよね――……？

「本当《ほんとう》にごめん！　私《わたし》の体育着《たいいくぎ》、貸《か》すよ！　って言《い》っても、私《わたし》のもびしょびしょだった……。そもそも、汗《あせ》かいたのとかやだよね。ど、どうしよう!?」

慌《あわ》てて謝《あやま》りたおす私《わたし》に、真田《さなだ》くんはしばらく無表情《むひょうじょう》のままで……。

「……ぷっ」

「え？」

そして突如《とつじょ》聞《き》こえてきた、笑《わら》いをこらえるような声《こえ》に、私《わたし》はパッと顔《かお》をあげた。

「ははっ。あー、マジで、豊崎《とよさき》っておもしろいよな。見《み》てて飽《あ》きないっつーか」

め、めちゃめちゃ笑《わら》ってる……？

真田《さなだ》くんは、教室《きょうしつ》にいるときの無表情《むひょうじょう》とは打《う》ってかわって、口角《こうかく》をあげてくしゃっとやわらかい顔《かお》つきになっている。

「サッカーボール飛《と》んできたときも、如月《きさらぎ》のこと、捨《す》て身《み》で守《まも》ろうとしてたし」

真田《さなだ》くんって、こんなふうに笑《わら》うんだ……。なんか、親《した》しみやすい感《かん》じだな。

「あと、あれだ。桜《さくら》の花《はな》びら」

真田《さなだ》くんは思《おも》いだしたように、私《わたし》の髪《かみ》を指《ゆび》さした。

「ま、まだ覚《おぼ》えてたの？」

「ああ。だって、ぜんぜん気《き》づかないから、ちょっとおもしろくて」

「もう！　はずかしいじゃん！」

「ははっ。ごめん」

しばらくその笑顔《えがお》を見《み》つめていると、真田《さなだ》くんは私《わたし》の体育着《たいいくぎ》に視線《しせん》をむけた。

「豊崎《とよさき》は濡《ぬ》れたまま、帰《かえ》るのか？」

「あ、ううん。自主練《じしゅれん》しようかなって思《おも》って！　体育着《たいいくぎ》もかわきそうだし！　真田《さなだ》くん見《み》てたら、
私《わたし》もがんばらなきゃ、って思《おも》ったんだ」

そこまで言《い》って、はっとした。

私《わたし》は走《はし》ってたらかわくかもしれないけど、真田《さなだ》くんはきっと、このまま帰《かえ》るつもりだったよね。

やっぱり、悪《わる》いことしちゃったな……。申《もう》し訳《わけ》なさを感《かん》じて、うつむいていると。

「俺《おれ》もこのあと、自主練《じしゅれん》するつもりだったんだ」

「え？」

「だから、気《き》にすんなよ。じゃあな」

真田《さなだ》くんは私《わたし》の肩《かた》をぽんとたたいて、颯爽《さっそう》と走《はし》りだした。

「あ、うん！　また明日《あした》ね！」

私《わたし》は急《いそ》いで手《て》をふった。そして、かける背中《せなか》を目《め》で追《お》いながら、胸《むね》に手《て》を当《あ》てる。

ぜったい、自主練《じしゅれん》の予定《よてい》じゃなかったよね……。

でも、きっと私《わたし》が気《き》にしないように、そう言《い》ってくれたんだ。

どうして、だろう……。真田《さなだ》くんと話《はな》してると、楽《たの》しいのに、ちょっぴり切《せつ》ない。

そんな気持《きも》ちになるの……。

これは、いったい、なに――……？

4 なんだか胸《むね》が痛《いた》い？

それから数日《すうじつ》。

「雫《しずく》、おはよー！」

「おはよう。仁菜《にな》ちゃん、髪《かみ》、はねてるよ？」

「わ、まじで？　でも、まあいいやー！」

「いいの？　……ふふ、仁菜《にな》ちゃんらしい」

いつもの通学路《つうがくろ》を、雫《しずく》といっしょにならんで歩《ある》く。

あんなに満開《まんかい》だった桜《さくら》も、今《いま》は散《ち》っている最中《さいちゅう》で、なんだか切《せつ》なくなる。

桜《さくら》って美《うつく》しいのに、同《おな》じくらい儚《はかな》い。

この舞《ま》う花《はな》びらを見《み》ると、入学式《にゅうがくしき》の日《ひ》を思《おも》いだすんだ。

「あの、すみません。すこしお時間《じかん》よろしいですか？」

急《きゅう》に、横《よこ》から男性《だんせい》の声《こえ》がして、私《わたし》と雫《しずく》は立《た》ちどまった。見《み》ると、その人《ひと》は三十代《だい》くらいで、メガネにスーツ姿《すがた》。通勤中《つうきんちゅう》の普通《ふつう》のサラリーマンに見《み》える。

なんだろう？　朝《あさ》、こんなところで話《はな》しかけてくるなんて……。

「私《わたくし》、こういう者《もの》なのですが」

男性《だんせい》は名刺入《めいしい》れからすばやく名刺《めいし》をとりだし、雫《しずく》にそれを差《さ》しだした。

「芸能事務所《げいのうじむしょ》、ダイヤモンドプロモーション……？」

雫《しずく》のつぶやきに、私《わたし》はびっくりして、名刺《めいし》をのぞきこんだ。

ホントだ、芸能事務所《げいのうじむしょ》って書《か》いてある！　しかも、けっこう有名《ゆうめい》なところじゃない!?

「私《わたくし》、こちらでスカウトをやっております、橋本《はしもと》と申《もう》します。ちょうど通勤中《つうきんちゅう》だったのですが……。あなたが女優《じょゆう》の原石《げんせき》だと思《おも》ったので、声《こえ》をかけさせていただきました」

「女優《じょゆう》！　スカウト！」

私《わたし》は思《おも》わず声《こえ》にだしてしまう。

雫《しずく》に、女優《じょゆう》のスカウト！　すごい、すごすぎる！

「さすが雫《しずく》っ！」

けれど、感激《かんげき》する私《わたし》とは裏腹《うらはら》に、雫《しずく》の表情《ひょうじょう》はくもっている。

「でも……わたし、こういうのむいてないと思《おも》うし……」

「雫《しずく》、超《ちょう》かわいいし、テレビにでたらあっというまに人気《にんき》になっちゃうと思《おも》うけどな！」

「うーん……表《おもて》に立《た》って目立《めだ》つの、自信《じしん》がなくて……」

まあ、雫《しずく》はおとなしくて、内気《うちき》なタイプではあるもんね。

雫《しずく》の言《い》うこともわかるけど、私《わたし》が雫《しずく》だったら、喜《よろこ》んでチャレンジするのに！

「……ご、ごめんなさい。どうしても、無理《むり》です……」

「うーん。残念《ざんねん》だなあ。せめて名刺《めいし》だけおわたしさせてください。あなたにはスター性《せい》を感《かん》じましたので、すこしでも興味《きょうみ》があれば、ご連絡《れんらく》お待《ま》ちしております。それでは」

芸能事務所《げいのうじむしょ》の人《ひと》はほほえみながらうなずき、去《さ》っていった。

雫《しずく》ってやっぱり、だれがどう見《み》てもオーラあるよね！

自分《じぶん》のことじゃないのに、なんか誇《ほこ》らしい気持《きも》ちになっちゃうな！


「真田《さなだ》くん、おはよ！」

「お、おはよう、真田《さなだ》くん」

「はよ」

教室《きょうしつ》につくと、もう真田《さなだ》くんは登校《とうこう》していた。

というか、サッカー部《ぶ》って朝練《あされん》もやってるんだったっけ。

「聞《き》いて、真田《さなだ》くん！　あのね、雫《しずく》が登校中《とうこうちゅう》に、芸能《げいのう》……むぐっ！」

「ちょ、ちょっと、仁菜《にな》ちゃん……っ」

さっそく雫《しずく》のスカウトを自慢《じまん》しようとして、私《わたし》の口《くち》は即刻《そっこく》雫《しずく》にふさがれた。

なんで⁉　すごいから、自慢《じまん》してまわりたいくらいなのに！

「はずかしいから、言《い》わないで……。それに、もう断《ことわ》ったんだし」

「ほへん。ふぁふぁあった」

『ごめん。わかった』って言《い》ったんだけど、雫《しずく》には伝《つた》わったかな？

私《わたし》、無神経《むしんけい》だったな。そうだよね、雫《しずく》はこういうの、はずかしいって感《かん》じるよね。

もごもごと抵抗《ていこう》する私《わたし》の口《くち》は、ぱっと解放《かいほう》された。よかった、伝《つた》わったみたい。

「？　どうしたんだ？　つか、なんか落《お》ちたぞ」

ひそひそと話《はな》す私《わたし》たちをよそに、真田《さなだ》くんは、床《ゆか》に落《お》ちた紙切《かみき》れを拾《ひろ》いあげると。

「芸能事務所《げいのうじむしょ》……？」

それに書《か》かれてる文字《もじ》を音読《おんどく》した。その声《こえ》に、雫《しずく》の顔《かお》は青《あお》ざめていく。

雫《しずく》、名刺落《めいしお》としてる……！

「あ、あの、それ。……、ホントにたまたま、もらって……」

どうやら、不可抗力《ふかこうりょく》で言《い》うしかなくなってしまったようだ。

雫《しずく》は腹《はら》をくくって、うつむきながら真田《さなだ》くんにぼそっと伝《つた》えた。

「へえ。スカウトか。如月《きさらぎ》、きれいだもんな」

「……！」

なにげなく言《い》いはなった真田《さなだ》くん。

でも今度《こんど》は、雫《しずく》の顔《かお》がみるみるうちに赤《あか》らんでいくのがわかった。

ズキン。そのとき、一瞬《いっしゅん》胸《むね》に痛《いた》みが走《はし》る。

「き、きれい……とか、そんなことないよ」

雫《しずく》は慌《あわ》てて、手《て》を横《よこ》にぶんぶんっとふって、全否定《ぜんひてい》する。

その雫《しずく》の動揺《どうよう》する視線《しせん》とか、赤《あか》く染《そ》まる頬《ほお》を見《み》て、さらに胸《むね》がちくりとしてくる。

この痛《いた》み、なに？　こんなの、今《いま》まで感《かん》じたことない……。

「ね、雫《しずく》、ホントにすごいよね！　やっぱり、超《ちょう》かわいいからなあ」

私《わたし》は痛《いた》みをおさえこむように、明《あか》るく言《い》ってのけた。

「雫《しずく》ってね、顔《かお》がかわいいだけじゃなくて、手先《てさき》も器用《きよう》なの。これも、雫《しずく》が作《つく》ったんだよ！」

私《わたし》は、ペンケースについている、うさぎのキーホルダーを真田《さなだ》くんに見《み》せびらかした。

「そうなのか。すごいな」

「すごいでしょ！　雫《しずく》って、女子力《じょしりょく》が高《たか》いの！」

「豊崎《とよさき》が自慢《じまん》してどうするんだよ」

「だって、ホントにすごいんだもん！　自慢《じまん》の親友《しんゆう》！」

私《わたし》の言葉《ことば》に、真田《さなだ》くんはやれやれと肩《かた》をすくめて、雫《しずく》は照《て》れくさそうにはにかんだ。

ほら、さっき感《かん》じた痛《いた》みなんて、もう消《き》えた。やっぱり気《き》のせいだよね。

「このキーホルダーは、仁菜《にな》ちゃんと仲《なか》よくなったきっかけなの」

雫《しずく》はキーホルダーを真田《さなだ》くんに見《み》せて、懐《なつ》かしい目《め》をした。

「転校《てんこう》してきたとき、仁菜《にな》ちゃんがわたしのキーホルダーをほめてくれて。それがすっごくうれしくて……。おそろいのを作《つく》ってあげたら、そんなにいいのに、ってくらい喜《よろこ》んでくれて、それもうれしかった。仁菜《にな》ちゃんって、人《ひと》のことをほめるのがすごく上手《じょうず》だし、話《はな》しやすくて明《あか》るい人気者《にんきもの》なのに、わたしみたいなおとなしいタイプと仲《なか》よくしてくれて、ずっと大好《だいす》きなの」

で、でた！　雫《しずく》のマシンガントーク！

真田《さなだ》くんはびっくりして言葉《ことば》を失《うしな》っている。好《す》きな本《ほん》の話《はなし》とかになると、雫《しずく》はこういう熱弁《ねつべん》モードになるのを私《わたし》は知《し》っているから、おどろきはしないけど……。

「……って、わたし、しゃべりすぎた。ごめんなさい……」

われにかえって、しゅううっと熱《ねつ》がぬけたようにはずかしがる雫《しずく》。

「雫《しずく》ー！　私《わたし》も、雫《しずく》が大好《だいす》きだよ！」

私《わたし》はぎゅっと抱《だ》きついた。

愛《あい》を語《かた》ってくれる雫《しずく》があまりにかわいくて、くっつきたくなっちゃう。

「ほんっとお前《まえ》ら、仲《なか》いいな」

真田《さなだ》くんはそんな私《わたし》たちを見《み》て、くすりと口角《こうかく》をあげている。

「真田《さなだ》くんは親友《しんゆう》、いないの？」

「爽《そう》とか春輝《はるき》、航《わたる》とは仲《なか》いいけど、男《おとこ》はなんでか親友《しんゆう》とは呼《よ》ばねえな」

「親友《しんゆう》って最高《さいこう》なのに、もったいない！　いつでも味方《みかた》だし、いっしょにいるだけでパワーもらえるよね」

私《わたし》の問《と》いかけに、雫《しずく》はうんうんと大《おお》きくうなずいた。

雫《しずく》がいれば、私《わたし》はそれだけで幸《しあわ》せなんだ。

「今《いま》から、委員会決《いいんかいぎ》めをします。……うちのクラスだけ忘《わす》れてました、へへっ」

三時間目《じかんめ》、国語《こくご》の時間《じかん》。

教壇《きょうだん》では、担任《たんにん》の須賀先生《すがせんせい》が頭《あたま》をかいて苦笑《にがわら》いしている。

須賀先生《すがせんせい》って、ちょっとおっちょこちょいなところあるんだなあ。

「今日《きょう》の放課後《ほうかご》、さっそく委員会《いいんかい》ごとの集《あつ》まりがあるんだよね。この国語《こくご》の時間《じかん》を使《つか》って、ぱぱっと決《き》めちゃおう」

この三時間目《じかんめ》は須賀先生《すがせんせい》の国語《こくご》だから、ちょうど自由《じゆう》に時間《じかん》がとれるんだね。

私《わたし》、なんの委員会《いいんかい》に入《はい》ろっかな？

「じゃあ、学級委員《がっきゅういいん》から。男女《だんじょ》ひとりずつ、やってくれる人《ひと》ー」

しーん……。先生《せんせい》の明《あか》るい声《こえ》だけが、静《しず》かな教室中《きょうしつじゅう》にひびきわたる。

学級委員《がっきゅういいん》になりたい人《ひと》、だれもいない！

「推薦《すいせん》でも、立候補《りっこうほ》でもどっちでもいいぞ」

「せんせー！　神永《かみなが》くんが、ぴったりだと思《おも》いまーす！」

そのとき、教室《きょうしつ》の中央《ちゅうおう》で、南波《なんば》くんが大《おお》きな声《こえ》で立《た》ちあがった。

「えっ、俺《おれ》？」

神永《かみなが》くんは、急《きゅう》に推薦《すいせん》されて目《め》を見開《みひら》いている。

「爽《そう》はいつもまわりがよく見《み》えてるし、リーダーシップがめちゃくちゃあって、先頭《せんとう》にたってみんなをまとめるのは、すげえむいてると思《おも》うんすよ！」

さすが、王子様系《おうじさまけい》アイドル、神永《かみなが》くん。俺様《おれさま》な南波《なんば》くんですら一目《いちもく》おいてるんだな。

神永《かみなが》くんはとつぜんのことにとまどいつつも、やさしい笑《え》みを浮《う》かべて立《た》ちあがった。

「じゃあ、だれもいなそうだし、俺《おれ》やります」

おおーっ！　さすが！

神永《かみなが》くんは教室《きょうしつ》の前《まえ》にでて、黒板《こくばん》に名前《なまえ》を書《か》く。

すると、まわりの女子《じょし》たちの空気《くうき》がガラリと一変《いっぺん》したのを感《かん》じた。

これはたぶん……女子《じょし》の学級委員《がっきゅういいん》の座《ざ》をねらっている？

「神永《かみなが》くんといっしょにできるなら……でも、学級委員《がっきゅういいん》は大変《たいへん》そう」

「神永《かみなが》くんと仲《なか》よくなれるチャンスだけど……。ここで手挙《てあ》げる勇気《ゆうき》はないよね」

ひそひそとささやきあうクラスの女子《じょし》たち。やっぱり、神永《かみなが》くんは人気者《にんきもの》だ。

「学級委員《がっきゅういいん》、女子《じょし》でやってくれる人《ひと》いませんか？」

神永《かみなが》くんが先生《せんせい》にかわり、教壇《きょうだん》に立《た》って進行役《しんこうやく》をする。でも、相変《あいか》わらずだれも立候補《りっこうほ》しようとしない。ここで手《て》を挙《あ》げるのは、相当勇気《そうとうゆうき》がいるもんね。

「推薦《すいせん》でも大丈夫《だいじょうぶ》です。僕《ぼく》と、いっしょにやってくれる人《ひと》いませんか」

しーんと静《しず》まりかえる教室《きょうしつ》。

先生《せんせい》はもちろん、さっそく学級委員《がっきゅういいん》になってくれた神永《かみなが》くんも困《こま》りはてている。

うう、どうしよう。私《わたし》がやらなきゃ、ってことは全《まった》くないんだけど……。

でも、沈黙《ちんもく》の空気《くうき》に耐《た》えられず――。

「……わ、**私《わたし》やります！**」

私《わたし》はガタンと席《せき》から立《た》ちあがった。

「ありがとう、豊崎《とよさき》さん！」

神永《かみなが》くんの顔《かお》がぱあっと明《あか》るくなる。先生《せんせい》や男子《だんし》たちはほっとしていて、女子《じょし》は安心《あんしん》しつつも、すこしだけ残念《ざんねん》そう。しかたないじゃん！　だれもいないんだから！

「豊崎《とよさき》ぃ？　お前《まえ》、爽《そう》といっしょにできんのかよ。クラスまとめるとか、ぜってー無理《むり》だろ！」

すかさず南波《なんば》くんのバカにした声《こえ》が飛《と》んでくる。

こいつ……！　私《わたし》が気《き》に食《く》わないからって、そうやっていつもいつも……！

真田《さなだ》くんが「おい、航《わたる》……」と止《と》めるよりもはやく、私《わたし》は大声《おおごえ》を発《はっ》した。

「あんたね、ほんっとにうるさい！　やるなら全力《ぜんりょく》でがんばるつもりだし！　いつか、今言《いまい》ったこと後悔《こうかい》するからね！　調子《ちょうし》のらないでよね！」

「ちょっと落《お》ちついて。南波《なんば》、ちゃんと謝《あやま》れよ」

須賀先生《すがせんせい》の仲裁《ちゅうさい》が入《はい》ると、南波《なんば》くんは「わ、わるかったよ」とバツが悪《わる》そうに謝《あやま》った。

なんなの、もう！　南波《なんば》くん、ぜったいに反省《はんせい》してないし……。

どうせまたすぐに、からかってくるんだろうな！

渋々席《しぶしぶせき》に座《すわ》ると、となりの席《せき》から、こらえきれていないような笑《わら》い声《ごえ》が耳《みみ》に入《はい》る。……なに？

「……ぷっ。航《わたる》のこと止《と》めようとしたけど、豊崎《とよさき》には必要《ひつよう》ないな。お前《まえ》、強《つよ》いんだな」

「え？」

真田《さなだ》くんがおかしそうに頬《ほお》をゆるめている。そんなにおかしい？

「女子《じょし》であんなふうに航《わたる》に言《い》いかえせるヤツ、いねえと思《おも》ってた。本当《ほんとう》おもしろいな」

「だってムカつくじゃん！　私《わたし》、全力《ぜんりょく》で言《い》いかえすよ。負《ま》けてたまるか、って感《かん》じ！」

真田《さなだ》くんはひとしきり笑《わら》ったあと、「……でもさ」ときりだした。

「……だれもいないなかで立候補《りっこうほ》したの、カッコよかった」

「えっ」

急《きゅう》なほめ言葉《ことば》に、どぎまぎしてしまう。今《いま》まで笑《わら》ってたのに、急《きゅう》になに……!?

「豊崎《とよさき》ー。このあとの進行《しんこう》、神永《かみなが》とふたりでよろしくな」

「あ、は、はいっ」

先生《せんせい》に呼《よ》ばれた私《わたし》は、慌《あわ》てて教室《きょうしつ》の前《まえ》に行《い》った。神永《かみなが》くんのとなりに名前《なまえ》を書《か》いて、進行役《しんこうやく》に加《くわ》わる。

さ、真田《さなだ》くんって、やっぱりつかめない……。

「次《つぎ》、図書委員《としょいいん》やってくれる人《ひと》……」

気《き》を取《と》りなおさなきゃ。神永《かみなが》くんがそう呼《よ》びかけたとき。

「「はい」」

すぐに声《こえ》が重《かさ》なった。

決《き》まるの速《はや》い……!　と、挙手《きょしゅ》したふたりを見《み》ると。

「……!」

同時《どうじ》に手《て》を挙《あ》げたのは、雫《しずく》と真田《さなだ》くんだった。

雫《しずく》は、おどろいて目《め》を泳《およ》がせているけれど、その表情《ひょうじょう》はどことなく喜《よろこ》んでいるように見《み》える。

「如月《きさらぎ》さんと、真田《さなだ》くんで、いいかな？」

ほかに手《て》を挙《あ》げている人《ひと》はいない。

雫《しずく》は本《ほん》が好《す》きだから、図書委員《としょいいん》になりたがるのもわかる。真田《さなだ》くんも、そうなのかな？

それにしても、真田《さなだ》くんと同《おな》じ委員会《いいんかい》になった雫《しずく》の表情《ひょうじょう》が、ゆるんでいるような気《き》がする。

ズキン。朝《あさ》みたいに、胸《むね》の奥《おく》が痛《いた》む。

あれ、また……。これは、いったいなんなんだろう。

雫《しずく》がうれしそう、なんて、それもかんちがいかもしれないし。

そもそも雫《しずく》は男子《だんし》が苦手《にがて》って言《い》ってるじゃん。それなのに私《わたし》、変《へん》なこと考《かんが》えすぎ。

勝手《かって》に決《き》めつけるのはやめよう。

胸《むね》の痛《いた》みの正体《しょうたい》がわからないまま、私《わたし》はチョークをぐっとにぎって、「真田《さなだ》・如月《きさらぎ》」と黒板《こくばん》に書《か》いた。

5 今日《きょう》の部活《ぶかつ》は失敗《しっぱい》できない

あっというまに放課後《ほうかご》。各《かく》クラスの学級委員《がっきゅういいん》が集《あつ》まり、顔合《かおあ》わせをした。

「……これで委員会《いいんかい》は終了《しゅうりょう》になります。各自《かくじ》、役割《やくわり》を決《き》めておくように」

礼《れい》をして、ぞろぞろと会議室《かいぎしつ》からでていく生徒《せいと》たち。

学級委員会《がっきゅういいんかい》の集《あつ》まりは、クラスの代表《だいひょう》の人《ひと》たちが来《き》ているだけあって、みんなしっかりしているように見《み》える。

おとなっぽい先輩《せんぱい》たちもいっぱいいて、私《わたし》は場《ば》ちがいじゃないかなって不安《ふあん》になっちゃった。

「豊崎《とよさき》さん、おつかれさま」

そんななかで、私《わたし》たち二組《くみ》に視線《しせん》が集《あつ》まっていたのは……きっと神永《かみなが》くんがいたから。

女子《じょし》の先輩《せんぱい》たちがテンションあがってるの、なんとなくわかったもん。

私《わたし》、鈍感美少女《どんかんびしょうじょ》の雫《しずく》がいつもとなりにいるおかげで、逆《ぎゃく》にこういう視線《しせん》には敏感《びんかん》なんだよね。

「おつかれ！　神永《かみなが》くんは、これから部活《ぶかつ》？」

「うん、五月《がつ》にさっそく大会《たいかい》があるから、練習《れんしゅう》がんばらないとな。俺《おれ》と朝陽《あさひ》、航《わたる》と春輝《はるき》はベンチ入《い》りできそうだし」

「わ、一年《ねん》なのにすごい！　それに神永《かみなが》くん、アイドルもやってるでしょ？　両立《りょうりつ》してるの、ホントに尊敬《そんけい》しちゃうよ」

「なんだ。豊崎《とよさき》さん、俺《おれ》のこと知《し》ってたんだ」

神永《かみなが》くんが意外《いがい》そうにクスッと笑《わら》う。私《わたし》は「もっちろん！」と大《おお》きくうなずいた。

神永《かみなが》くんのこと、テレビで見《み》ない日《ひ》はないもん。

「俺《おれ》、実《じつ》は昔《むかし》、すごく人見知《ひとみし》りではずかしがり屋《や》でさ。それをなおしたくて、アイドルとかサッカーをやってたら、どっちも楽《たの》しくてハマったんだ」

「ええ、そうだったんだ！　今《いま》の神永《かみなが》くんからは想像《そうぞう》できないけど、めちゃめちゃステキだね！」

「そう言《い》ってくれて、どうもありがとう」

神永《かみなが》くん、自分《じぶん》の弱《よわ》みにむきあって、好《す》きなことのために努力《どりょく》してるの、すごいな。

私《わたし》も見習《みなら》いたいし、そういう人《ひと》のこと、心《こころ》の底《そこ》から応援《おうえん》したいって思《おも》う。

「それじゃ、私《わたし》が委員会記録《いいんかいきろく》書《か》いて、だしておくよ！」

私《わたし》が委員会中《いいんかいちゅう》に配《くば》られたプリントを見《み》せて笑《わら》うと、神永《かみなが》くんは申《もう》し訳《わけ》なさそうにまゆをさげた。

「えっ、いいの？　でも豊崎《とよさき》さんも、陸上部《りくじょうぶ》の練習《れんしゅう》、早《はや》く行《い》きたいよね」

「いいの！　私《わたし》は大会《たいかい》とかまだまだだし。書《か》くのもそんなに時間《じかん》かからないしさ」

ぱちりとウインクをしてみせる。

ホントは私《わたし》も、陸上部《りくじょうぶ》ではじめての記録測定《きろくそくてい》があるんだけど……。

まあ、ちゃちゃっと仕上《しあ》げて、早《はや》く部活《ぶかつ》に行《い》けるようにしよう！

「じゃあ、また来週《らいしゅう》……」

手《て》をふって、くるりと背《せ》をむけようとしたところで。

「いや、やっぱり俺《おれ》もやる。豊崎《とよさき》さんだけに、任《まか》せるわけにはいかない」

神永《かみなが》くんが私《わたし》のとなりに肩《かた》をならべてくる。私《わたし》はおどろいて、慌《あわ》てて首《くび》をふった。

「ううん、無理《むり》しないで！　私《わたし》やるから！」

「ふたりでやったほうが早《はや》いし。……豊崎《とよさき》さん、いっしょにやろう」

ぐっと距離《きょり》を縮《ちぢ》めてきた神永《かみなが》くん。

うわ、神永《かみなが》くんって目《め》がきれいだなあ……。すいこまれてしまいそうになる。

これが、本物《ほんもの》のアイドルなんだ。神永《かみなが》くんは、こうやってファンの女《おんな》の子《こ》をとりこにしているんだ。妙《みょう》に納得《なっとく》しながら、私《わたし》はこくりとうなずいた。

「教室《きょうしつ》で、ささっとおわらせようか」

神永《かみなが》くんとたわいない話《はなし》をしながら、廊下《ろうか》を歩《ある》く。

神永《かみなが》くんはやさしいし、とっても話《はな》しやすい。真田《さなだ》くんとは、タイプがちがうけど。

「そういえば、大会《たいかい》って、いつ——」

図書室《としょしつ》の前《まえ》を通《とお》るころ。

そう聞《き》きかけたところで、私《わたし》は、つづきの言葉《ことば》がでてこなくなってしまった。

それは、図書室《としょしつ》の窓《まど》のむこうに、仲《なか》よく笑《わら》うふたりの男女《だんじょ》の姿《すがた》が見《み》えたから。

「……あ……」

雫《しずく》と、真田《さなだ》くんだ……。

ふたりがひとつの本《ほん》をのぞきこみながら、楽《たの》しそうに会話《かいわ》しているのが、廊下《ろうか》からでもわかった。

雫《しずく》のあんな幸《しあわ》せそうな顔《かお》、私《わたし》、知《し》らない……。しかも、苦手《にがて》なはずの男子《だんし》が相手《あいて》なのに。

それに真田《さなだ》くんの横顔《よこがお》も、すごくいきいきとしている。

「朝陽《あさひ》と如月《きさらぎ》さんだ。朝陽《あさひ》、推理小説家《すいりしょうせつか》の御堂進吾《みどうしんご》のファンで、読書家《どくしょか》だから、たぶん図書委員《としょいいん》に手挙《てあ》げたんだろうね」

ふたりのことをながめながら、神永《かみなが》くんはつぶやいた。

「えっ！　雫《しずく》も、その作家《さっか》さん好《す》き、って言《い》ってた気《き》がする！　雫《しずく》もね、すごい本好《ほんず》きなの。図《と》書委員《しょいいん》になったのも、本《ほん》が読《よ》めるからだと思《おも》う」

「如月《きさらぎ》さんもなのか。ふたり、気《き》が合《あ》うんだろうな。すごく楽《たの》しそうだね」

神永《かみなが》くんのセリフに、チクリと胸《むね》の奥《おく》が痛《いた》む。

どんな本《ほん》の話《はなし》で盛《も》りあがっているのかな。

普段本《ふだんほん》を読《よ》まない私《わたし》は、さっぱりついていけないんだろうな。

……って、図書委員《としょいいん》でもなんでもないし、関係《かんけい》ないんだけどね。

「行《い》こ、神永《かみなが》くん！」

「あ、うん。行《い》こうか」

雫《しずく》のめずらしい表情《ひょうじょう》を見《み》て、きっと動揺《どうよう》しているだけだよね。

不思議《ふしぎ》そうに首《くび》をかしげる神永《かみなが》くんをよそに、私《わたし》はさっきよりも早歩《はやある》きで廊下《ろうか》を進《すす》んでいった。

「部長《ぶちょう》、遅《おく》れてすみません！」

「委員会《いいんかい》だよね、おつかれ！　今《いま》から記録《きろく》とるから、ウォーミングアップだけ、軽《かる》くすませて」

「はいっ！」

神永《かみなが》くんと協力《きょうりょく》して、プリントを提出《ていしゅつ》して、部活《ぶかつ》に途中参加《とちゅうさんか》できた。

今日《きょう》は、部活《ぶかつ》でいちばんはじめの記録測定《きろくそくてい》の日《ひ》。

大会《たいかい》メンバーの選考記録《せんこうきろく》になるわけじゃないけど、最初《さいしょ》だからすごく大事《だいじ》。

一年生《ねんせい》はこの結果《けっか》で、練習《れんしゅう》がレベルわけされるんだ。

私《わたし》は急《いそ》いでストレッチをして、全身《ぜんしん》をほぐす。

軽《かる》くランニングして体《からだ》をならしたら、フォームの最終《さいしゅう》チェックをして……。

なんか、速《はや》く走《はし》れそうにない。すこしでも集中力《しゅうちゅうりょく》を欠《か》いたら、だめになりそうなのに。

って、弱気《よわき》になるな、仁菜《にな》！　真田《さなだ》くんと雫《しずく》のようすを見《み》て、ちょっと動揺《どうよう》したからって、部《ぶ》活《かつ》にまで支障《ししょう》をきたすなんて、ありえないもん！

余計《よけい》なことが思《おも》い浮《う》かんでは、自分《じぶん》に活《かつ》を入《い》れながら、念入《ねんい》りにイメトレを繰《く》りかえす。

そして、とうとう私《わたし》の番《ばん》がまわってきてしまった！

私《わたし》は、深呼吸《しんこきゅう》をして、クラウチングスタートの体勢《たいせい》をとる。

あまりの緊張《きんちょう》で、ドクドクと心臓《しんぞう》が音《おと》を立《た》てて鼓動《こどう》している。うるさい、静《しず》まれ！

「……位置《いち》について、よーいっ」

――パンッ。

ピストルの音《おと》で、私《わたし》は力強《ちからづよ》く足《あし》を蹴《け》りあげる。

何度《なんど》も何度《なんど》も練習《れんしゅう》したのに、体《からだ》がかたくこわばって、うまく足《あし》が回転《かいてん》しない。

どうして？　頭《あたま》のなかでは、走《はし》るイメージができてるのに。

必死《ひっし》に走《はし》りながら、苦《くる》しい気持《きも》ちにさいなまれる。いやな動悸《どうき》がして、体《からだ》が重《おも》たい。

「あ……っ！」

そのとき、ぐらりと体勢《たいせい》がかたむいた。

ウソでしょ？　このままだと……。

――ずざっ。

私《わたし》は、地面《じめん》に思《おも》いっきり手《て》をついて、ひざも地面《じめん》にこすれてしまった。

「いたっ！」

なにが起《お》こったのか、最初《さいしょ》は自分《じぶん》でもわからなかった。

でも、だんだんとひざに痛《いた》みが広《ひろ》がってきて、いやでも実感《じっかん》がわいてくる。

どうしよう、私《わたし》、転《ころ》んじゃった……！

「豊崎《とよさき》、大丈夫《だいじょうぶ》？」

盛大《せいだい》に転《ころ》んだ私《わたし》のもとに、先輩《せんぱい》たちがかけ寄《よ》ってくる。

「大丈夫《だいじょうぶ》です、すみません！」

こんなふうに心配《しんぱい》かけて、申《もう》し訳《わけ》ない。

私《わたし》はいきおいよく立《た》ちあがった。ひざがすりむけて、血《ち》がでている。

痛《いた》いけど、今《いま》はそれよりも、カッコわるすぎて、顔《かお》から火《ひ》がでるみたいにはずかしいよ。

「とりあえず、水道《すいどう》で洗《あら》ってきな。記録《きろく》は、また今度《こんど》とりなおそう」

「はい、すみません……」

部長《ぶちょう》の言葉《ことば》に、私《わたし》はうつむいて、消《き》え入《い》るような声《こえ》で謝《あやま》った。


「はあ……」

水道《すいどう》で傷口《きずぐち》を洗《あら》いおえて、蛇口《じゃぐち》をしめると、ついため息《いき》がもれてしまった。

最初《さいしょ》の記録測定《きろくそくてい》で、まさかこんなことになるなんて……。

傷《きず》は幸《さいわ》いそんなにひどくないけれど、ズキズキとした痛《いた》みが走《はし》る。

でもそれは、転《ころ》んでできた傷《きず》が痛《いた》いのか、失敗《しっぱい》して心《こころ》が痛《いた》いのか、もうよくわからない。

とにかく、くやしくて、かなしい。

それに、カッコわるくてはずかしいって気持《きも》ちも消《き》えなかった。

なにやってるんだろう、私《わたし》……。自分《じぶん》があまりに情《なさ》けないよ。

「豊崎《とよさき》？」

すると、真横《まよこ》から、どこか落《お》ちつく低《ひく》い声《こえ》で名前《なまえ》を呼《よ》ばれた。

「真田《さなだ》くん……」

見《み》れば、真田《さなだ》くんが水《みず》を飲《の》みにきたところだった。

真田《さなだ》くんの顔《かお》を見《み》ると、委員会《いいんかい》での雫《しずく》との光景《こうけい》を思《おも》いだしちゃう。

どうしてかな？　今《いま》は、真田《さなだ》くんの顔《かお》を見《み》たくないの。

「……おつかれさま」

なるべく平静《へいせい》を装《よそお》って、普段《ふだん》どおりのあいさつをする。

そそくさとその場《ば》をはなれようとしたのに、すぐに真田《さなだ》くんの視線《しせん》が私《わたし》の足《あし》もとに移《うつ》った。

「お前《まえ》、ひざ……」

やばい。バレちゃう！　真田《さなだ》くんの察知《さっち》に気《き》づいた私《わたし》は、急《いそ》いで距離《きょり》をとった。

「私《わたし》、もう行《い》かなきゃ！　バイバイ！」

「お、おい！」

無理《むり》やりで、感《かん》じ悪《わる》かった……よね。

なんでだろう。どうしても、真田《さなだ》くんにだけは、知《し》られたくなかったの。

夕空《ゆうぞら》はオレンジ色《いろ》の下《した》に、すこしだけ藍色《あいいろ》がのぞいている。

散《ち》った桜《さくら》の花《はな》びらがじゅうたんのように広《ひろ》がって、地面《じめん》は淡《あわ》いピンク色《いろ》に染《そ》まっていた。

部室《ぶしつ》をでると、ちょっぴりひんやりとした風《かぜ》が吹《ふ》いて、私《わたし》は目《め》を細《ほそ》める。

部活《ぶかつ》をおえてから、私《わたし》は自主練《じしゅれん》をしていた。

ひざがすこし痛《いた》むから、万全《ばんぜん》な状態《じょうたい》で走《はし》ることはできなかったけど。

フォームを整《ととの》えたり、体力《たいりょく》をつけることならできるから。

今日失敗《きょうしっぱい》してしまった分《ぶん》を、一日《いちにち》でも早《はや》く取《と》りもどさないと。みんなにおくれをとっちゃう。

部室《ぶしつ》の角《かど》を曲《ま》がって、校門《こうもん》にむかおうとした私《わたし》は……。

「……どう、して……？」

そこで、思《おも》わず足《あし》を止《と》めた。

真田《さなだ》くんが、たったひとりでたたずんでいたから。

もう、だれも残《のこ》っていないと思《おも》ってたのに、なんで？

真田《さなだ》くんは私《わたし》と目《め》が合《あ》うと、「おつかれ」と、小《ちい》さく手《て》をあげた。

トクンと心臓《しんぞう》が飛《と》びはねる。

「どうして、いるの……？」

かすれた声《こえ》で訊《き》きかえすと、真田《さなだ》くんは、はっきりとした声《こえ》で告《つ》げたんだ。

「……豊崎《とよさき》のことを、待《ま》ってた」

6 星空《ほしぞら》の下《した》、きらめく視界《しかい》

「豊崎《とよさき》のことを、待《ま》ってた」

まっすぐな目《め》でそう言《い》われて、私《わたし》は息《いき》をのむ。

私《わたし》のことを待《ま》ってた、って……？　いったい、どういうこと？

「……っていうのは、もちろん冗談《じょうだん》な。たまたま会《あ》っただけだ」

「なんだ、冗談《じょうだん》か！　びっくりした！」

私《わたし》は一気《いっき》に拍子《ひょうし》ぬけして、大《おお》きな声《こえ》をだしてしまう。

やっぱり冗談《じょうだん》か。真田《さなだ》くんが私《わたし》のこと待《ま》ってるなんて、そんなはずないもんね。

「家《いえ》の方向《ほうこう》、そっちなのか？」

「うん、そうだよ」

「俺《おれ》も。いっしょに帰《かえ》るか」

私《わたし》はこくりとうなずいて、真田《さなだ》くんとならんでゆっくり歩《ある》きだした。

はあ、なんかすごくドキドキした。一瞬《いっしゅん》、本気《ほんき》にしちゃいそうだったよ。

顔《かお》が熱《あつ》くなったのを感《かん》じた私《わたし》は、その熱《ねつ》を早《はや》く冷《さ》ましたくて自分《じぶん》から声《こえ》をだす。

「ていうか、真田《さなだ》くんも冗談《じょうだん》とか言《い》うんだね！」

「んーまあ、言《い》わないこともないな。つか、俺《おれ》のイメージどんなだよ」

「とにかくクール！　なんか、他人《たにん》に興味《きょうみ》がなさそう！」

「それはよく言《い》われる。そんなことないのにな」

「明《あか》るい神永《かみなが》くんたちと仲《なか》いいのも、意外《いがい》だよ。真田《さなだ》くん、正反対《せいはんたい》じゃん」

「俺《おれ》が暗《くら》いってことか。ひどいな」

「あははっ。ちがうよ！　クールって意味《いみ》だって！」

私《わたし》は知《し》らず知《し》らずのうちに、笑《わら》い声《ごえ》をあげていた。

真田《さなだ》くんって、話《はな》しはじめると案外《あんがい》しゃべってくれて、おもしろいんだよね。

普段《ふだん》の無表情《むひょうじょう》な印象《いんしょう》とギャップがあるの。

そのおだやかな空気感《くうきかん》に、気持《きも》ちが落《お》ちついて、言葉《ことば》が自然《しぜん》にすっとでてきた。

「……今日《きょう》、部活《ぶかつ》ではじめての記録《きろく》の日《ひ》だったのに。……転《ころ》んで、うまくいかなくて」

さっきはあれだけ言《い》いたくなかったのに、今《いま》なら素直《すなお》に言《い》える。

ダサいしカッコわるいけど、真田《さなだ》くんなら、ぜったいバカにしたりなんてしないから。

「そうだったのか。ケガは大丈夫《だいじょうぶ》か？」

「うん。そこまでひどくないから、大丈夫《だいじょうぶ》だよ」

「それならよかった」

真田《さなだ》くんはかすかに声色《こわいろ》を和《やわ》らげたところで、ひと呼吸《こきゅう》おいて空《そら》を仰《あお》いだ。

「失敗《しっぱい》するのって、いやだよな」

「真田《さなだ》くんは、あれだけサッカーうまかったら、失敗《しっぱい》なんてしないでしょ！」

私《わたし》が笑《わら》うと、真田《さなだ》くんは表情《ひょうじょう》をいっさい変《か》えずに言《い》いきった。

「俺《おれ》、小学生最後《しょうがくせいさいご》のサッカーの大会《たいかい》で、シュートはずしつづけて負《ま》けたことある」

「えっ！」

びっくりして目《め》を見開《みひら》いた私《わたし》。

「味方《みかた》がいいパスをだしてくれて、何度《なんど》もチャンスはあったけど、最後《さいご》に俺《おれ》が決《き》めきれなかった。

あの試合《しあい》は、まちがいなく俺《おれ》のせいで負《ま》けたんだ」

「そうだったの……？」

「ああ。たくさん練習《れんしゅう》したのになんでだよ、って。しばらく自分《じぶん》を責《せ》めて、くやしかった」

そっか……。あれだけ活躍《かつやく》してる真田《さなだ》くんでも、そんなことがあったんだ。

「真田《さなだ》くんはそこから、どうやって立《た》ちなおったの？」

私《わたし》がたずねると、真田《さなだ》くんはすこし考《かんが》えてから、ゆっくりと声《こえ》を発《はっ》した。

「失敗《しっぱい》って、がんばってることにはつきものだと思《おも》う」

失敗《しっぱい》は、がんばってることにつきもの、か……。

「それでも、うまくなりたいから、好《す》きだから、楽《たの》しいから、練習《れんしゅう》しつづけるんだ。努力《どりょく》は、失《しっ》敗《ぱい》とは関係《かんけい》ないところにあるって、俺《おれ》はそう思《おも》ってる」

真田《さなだ》くんの言葉《ことば》に、はっとなる。

私《わたし》、みんなについていきたい、追《お》いつきたい、ってあせって空《から》まわりしてた。

思《おも》いかえせば、本当《ほんとう》は走《はし》るのが好《す》きで、速《はや》く走《はし》れるようになりたくて、陸上部《りくじょうぶ》に入部《にゅうぶ》したのに。

失敗《しっぱい》に目《め》をむけすぎて、楽《たの》しい気持《きも》ちとか、好《す》きなこととか、見失《みうしな》っちゃってたかもしれない……。

「だから、失敗《しっぱい》してもしなくても、やりたいことをまっすぐがんばる。豊崎《とよさき》も、それでいいと思《おも》うな」

真田《さなだ》くんの届《とど》けてくれる一言一言《ひとことひとこと》が、私《わたし》の胸《むね》にすうっとおりて、あたたかく広《ひろ》がっていく。

そうだよね。失敗《しっぱい》とか関係《かんけい》ない。だれだってうまくいかないことはあるし、それで落《お》ちこむことはあるけど、それでも努力《どりょく》しつづけることが大事《だいじ》なんだ。

だから私《わたし》も、今《いま》の私《わたし》にできることを、最大限《さいだいげん》がんばればいいのかも……。

「……ありがとう！　真田《さなだ》くん、ありがとう！」

私《わたし》は前《まえ》のめりになって、真田《さなだ》くんに感謝《かんしゃ》の気持《きも》ちを伝《つた》えた。

真田《さなだ》くんって、すごいなあ！　考《かん》え方《かた》とか姿勢《しせい》とか、本当《ほんとう》に尊敬《そんけい》できる。

「真田《さなだ》くんと話《はな》してるとね、私《わたし》ならできそう、って思《おも》えてくるの。ほんっとにありがと！」

「べ、べつに。俺《おれ》の考《かんが》えを言《い》っただけだから」

私《わたし》が目《め》をキラキラさせていると、真田《さなだ》くんはふいっと顔《かお》をそむけた。

わざとらしいって思《おも》われちゃったかな？　心《こころ》の底《そこ》から、そう思《おも》ってるんだけどな。

「まあ、元気《げんき》でたならよかった」

私《わたし》はすっかり前《まえ》むきにな気持《きも》ちになれて、笑顔《えがお》で大《おお》きく首《くび》を縦《たて》にふる。

――すると。

「**……おい、あぶない！**」

いきなり腕《うで》をぐっとつかまれて、強《つよ》くひかれた。

私《わたし》はびくっと肩《かた》をふるわせて、呼吸《こきゅう》を止《と》める。

ブーン。歩道《ほどう》のない道《みち》で、私《わたし》の横《よこ》を車《くるま》が通《とお》りすぎたみたい。

ぜんぜん気《き》がつかなかった……。

「ありがと……」

ふと近距離《きんきょり》で目《め》が合《あ》って、ドクンと脈打《みゃくう》つ。

頬《ほお》が熱《あつ》くなり、鼓動《こどう》が速《はや》まっていった。私《わたし》はドキドキする心《こころ》に耐《た》えきれなくなって、目《め》をそらした。

「ったく。豊崎《とよさき》って、なんかあぶなっかしいよな。目《め》がはなせないっていうか」

真田《さなだ》くんは困《こま》ったように笑《わら》って、それから

車道側《しゃどうがわ》を歩《ある》いてくれた。
すっかり暗《くら》く染《そ》まった夜空《よぞら》には、いくつかの星《ほし》が静《しず》かにまたたいている。
見《み》とれるくらい、きれいだな。
だけど、……あれ？　光《ひか》っているのは星空《ほしぞら》だけじゃない。
なんだか視界《しかい》がぜんぶ、きらりとかがやいているように映《うつ》ってるの。
このきらめく世界《せかい》をずっと見《み》ていたくて、私《わたし》は心《こころ》のなかで何度《なんど》もシャッターを切《き》った。

7 はじめて知《し》ったときめき

翌朝《よくあさ》。

登校《とうこう》して、となりの席《せき》の真田《さなだ》くんとちょっと話《はな》した。そうするとね、胸《むね》がきゅっとなって、すこし苦《くる》しいの。でも、それは決《けっ》していやな痛《いた》みじゃなくて、あたたかみすら感《かん》じる。

これはいったい、なんなんだろう？

「仁菜《にな》ちゃん、今日《きょう》も前髪《まえがみ》はねてるよ？」

私《わたし》の席《せき》にやってきた雫《しずく》が、コンパクトミラーを差《さ》しだして、私《わたし》の顔《かお》を映《うつ》してくれる。

「……って、仁菜《にな》ちゃんは、気《き》にしないんだった」

くすっと笑《わら》いかけた雫《しずく》に、私《わたし》は前髪《まえがみ》を押《お》さえながら身《み》をのりだした。

「え、どこどこ!?　雫《しずく》、なおして！」

「……え？」

「お願《ねが》い、なおして！　前髪《まえがみ》はねてるの、いやだよ！」

「あ、う、うん。もちろん。動《うご》かないでね」

「ありがとーっ」

雫《しずく》は自分《じぶん》の持《も》っているくしで、私《わたし》の前髪《まえがみ》をとかしてくれる。

はねてる髪《かみ》、真田《さなだ》くんに見《み》られてたらどうしよう！

慌《あわ》てて右《みぎ》に目線《めせん》をむけたら、幸《さいわ》いにも真田《さなだ》くんはちょうどいなかった。

「ふう……」

って、私《わたし》、なんで安心《あんしん》してるんだろう？　真田《さなだ》くんがいたって、べつにいいのにね。

「……ぷっ」

そのとき、頭上《ずじょう》から笑《わら》い声《ごえ》が聞《き》こえてくる。

……ん？　なんだ？

「前髪《まえがみ》なんて気《き》にして、お前女子《まえじょし》みてーじゃん！」

「南波《なんば》くん……！」

見上《みあ》げれば、吹《ふ》きだしている南波《なんば》くんが立《た》っている。

こいつー！　私《わたし》の行動《こうどう》にいちいちつっかかってきて、ホントムカつく！

「正真正銘《しょうしんしょうめい》、女子《じょし》なんですけど！　いいでしょ、気《き》にしたって！」

「恋《こい》するオトメみてーじゃん！」

「恋《こい》……？」

バカにしてきて腹立《はらた》つところだったけど、言《い》いかえす言葉《ことば》がでてこなくなってしまった。

恋《こい》、って言《い》った……？　私《わたし》が、恋《こい》？

「まさか、図星《ずぼし》!?　……ウソだろ。豊崎《とよさき》って、好《す》きなヤツ……いるのか？」

「なっ、ちがうよ！　こ、恋《こい》なんてしてないもん！」

反論《はんろん》しても、私《わたし》はとまどいがかくしきれなかった。

だって、だって……。恋《こい》って言《い》われて、ある人《ひと》の顔《かお》がとっさに浮《う》かんできたの……。

ちがう、ちがうよね？　まさか、この気持《きも》ちって……？

「はっ？　こ、恋《こい》とか、ありえねえよな。お前《まえ》、男子《だんし》にまざってドッジボールとかしてたくせにさ」

「い、いつの話《はなし》してるの!?　そのときの私《わたし》は、もういないんだから！」

南波《なんば》くんは、自分《じぶん》でからかっておいて、なぜかすごく動揺《どうよう》している。

「このキーホルダーもさ、キャラじゃねえ、ってずっと思《おも》ってたんだよな」

南波《なんば》くんは私《わたし》のペンケースについたキーホルダーを手《て》にとると、ふっと鼻《はな》で笑《わら》った。

なんでいつも、私《わたし》にばかりいじわる言《い》うんだろう？

転校《てんこう》したばかりのころ、ひとりでいた私《わたし》をドッジボールにさそってくれたのは南波《なんば》くんだった。

口《くち》が悪《わる》くて俺様《おれさま》で不器用《ぶきよう》だけど、根《ね》はやさしいやつだと思《おも》ってたのに……。

「こういうのは如月《きさらぎ》さんだろ。女子《じょし》じゃないお前《まえ》には、ぜんぜん似合《にあ》わねえって思《おも》ってたんだよな。恋《こい》とか百年《ひゃくねん》早《はや》いんだよ」

「な、南波《なんば》くん、やめてあげて……」

男子《だんし》が苦手《にがて》なはずの雫《しずく》も、どうにか弱々《よわよわ》しい声《こえ》で抵抗《ていこう》してくれたけど、南波《なんば》くんの耳《みみ》には入《はい》っていないようだった。南波《なんば》くんは、私《わたし》のペンケースごと持《も》ちあげて、軽《かる》くふってみせた。

それ、雫《しずく》がくれた、おそろいの大事《だいじ》なものなのに。

「ちょっと、かえして！」

ペンケースを取《と》りかえそうとして、席《せき》から思《おも》いっきり立《た》ちあがると。

ガタンッ。イスが変《へん》な方向《ほうこう》に動《うご》いて、それに合《あ》わせて体《からだ》が後《うし》ろにかたむく。

「……あっ」

やばい！　私《わたし》は立《た》ちあがったいきおいで、バランスをくずしてしまう。

このままだと、たおれる！　後《うし》ろに、しりもちついちゃうよ！

どうしよう——……！　ぎゅっと目《め》をつぶった、その瞬間《しゅんかん》だった。

——トン。

肩《かた》がやさしく支《ささ》えられ、私《わたし》はたおれずにすんだ。

あれ……？　どうして……？

ゆっくりとふりかえれば、背後《はいご》に真田《さなだ》くんが立《た》っていた。

真田《さなだ》くん……！　私《わたし》のこと、支《ささ》えてくれたんだ。

彼《かれ》のやさしさに気《き》づいて、「ありが……」と、お礼《れい》を言《い》いかけたとき。

「**……豊崎《とよさき》は、どう見《み》ても女子《じょし》だろ**」

そして真田《さなだ》くんは、強《つよ》い口調《くちょう》で南波《なんば》くんに言《い》いはなったんだ。

い、今《いま》、なんて……？

真田《さなだ》くんの思《おも》いがけないセリフに、心臓《しんぞう》がドクンと大《おお》きく動《うご》いて、鼓動《こどう》を始《はじ》めた。

なんだか、途端《とたん》に胸《むね》がじんと熱《あつ》くなってくる。

「航《わたる》。そのペンケース、豊崎《とよさき》にかえせよ」

「ちょっとふざけてただけだっての！」

「それ、大事《だいじ》なもんって言《い》ってた。勝手《かって》にさわったら、こわすかもしれないだろ」

「……はいはーい、わるかったよ」

真田《さなだ》くんに言《い》われたら従《したが》うしかないのか、南波《なんば》くんはすんなりペンケースをかえしてくれた。

「……っ」

どうしてなのかな。今《いま》、理由《りゆう》もなく、泣《な》きたくなるのは……。

私《わたし》の机《つくえ》の上《うえ》には、無造作《むぞうさ》におかれたペンケースがある。

そのかわいらしいキーホルダーを見《み》つめて、私《わたし》はドキドキと暴《あば》れる胸《むね》を静《しず》めていた。

「つか、朝陽《あさひ》。昨日《きのう》の部活後《ぶかつご》、須賀先生《すがせんせい》に呼《よ》ばれてるって言《い》ってたけどよ」

「あ、ああ。そうだったな」

「須賀先生《すがせんせい》、午後《ごご》から出張《しゅっちょう》でいなかったらしいじゃん。あれ、どうなったんだよ」

え……？

南波《なんば》くんのなにげない言葉《ことば》に、真田《さなだ》くんの顔《かお》がぴくりと動《うご》く。

……えっと、待《ま》って。一瞬《いっしゅん》、意味《いみ》が飲《の》みこめなかったけど……。

「い、いや。部活後《ぶかつご》には、先生《せんせい》もどってきてた」

「あー、そうなんか。知《し》らなかったぜー」

真田《さなだ》くんの返答《へんとう》を、南波《なんば》くんは特《とく》に気《き》にもとめず、ふらっといなくなってしまった。

私《わたし》の頭《あたま》には、ひとつの憶測《おくそく》が浮《う》かんでいた。

まさか、そんなはずはない、と思《おも》うけど……。

もしかして昨日《きのう》、本当《ほんとう》に、私《わたし》のことを待《ま》っていてくれたの——？

そう思《おも》ったら、またさらに胸《むね》がじんわりと熱《あつ》くなる。

……どうしよう。私《わたし》、気《き》づいちゃった。

恋《こい》なんてしない。私《わたし》には雫《しずく》がいればいい。

ずっとずっとそう思《おも》ってたし、そのつもりだったのに……。

——**私《わたし》、真田《さなだ》くんのことが、好《す》きなのかもしれない。**

こんなの、はじめての感情《かんじょう》で、自分《じぶん》でもまだよくわからない。

けれど、気《き》になる存在《そんざい》なのはたしかだ。

この胸《むね》のときめきと、キラキラした視界《しかい》が、それを証明《しょうめい》している。

……でも、私《わたし》が初恋《はつこい》を自覚《じかく》するのと同時《どうじ》に。

「……っ」

私《わたし》をかばった真田《さなだ》くんを見《み》て、雫《しずく》の顔《かお》が切《せつ》なく歪《ゆが》んでいたことに、気《き》がつかなかったの。

そのときの私《わたし》は、ただひたすら、はじめての恋《こい》で頭《あたま》がいっぱいだった。

8 まさか雫《しずく》の好《す》きな人《ひと》って……!?

真田《さなだ》くんが、気《き》になる。

私《わたし》は、真田《さなだ》くんに、恋《こい》をしてしまったのかもしれない。

クールそうに見《み》えて、さりげないやさしさや、まっすぐな強《つよ》さをもっていて。

今《いま》まで女《おんな》の子《こ》キャラは雫《しずく》のものだと思《おも》っていたけど、そんな私《わたし》を、女《おんな》の子《こ》だと、あたりまえのように言《い》いきってくれた。

もちろん見《み》た目《め》はカッコいいけど、とにかくステキな内面《ないめん》に惹《ひ》かれたの。

好《す》きなのか、って聞《き》かれると、よくわからなくなっちゃうけど……。

だ、だって、告白《こくはく》とか、つきあうとか、まっっったく想像《そうぞう》できないもん。

そんなの、まだまだ先《さき》の話《はなし》だと思《おも》ってたよ。

……早《はや》く、雫《しずく》に相談《そうだん》したい。

自分《じぶん》ひとりじゃ、頭《あたま》がパンクしてごちゃごちゃする！　雫《しずく》に助《たす》けてほしい！

雫《しずく》、びっくりするかな？　どんな反応《はんのう》をするかな？

今日《きょう》はちょうど部活《ぶかつ》がお休《やす》みで、雫《しずく》といっしょに帰《かえ》る約束《やくそく》をしていた。

「仁菜《にな》ちゃん、公園《こうえん》でお話《はなし》して帰《かえ》ろう」

「うん！　その前《まえ》にコンビニ寄《よ》っていい？　おなかすいちゃった！」

「ふふ。あんなにお弁当《べんとう》食《た》べてたのに？」

「しかたないじゃん！　アイス買《か》ってくるね！」

私《わたし》と雫《しずく》は、小学生《しょうがくせい》のときからよく、おなじみの公園《こうえん》のベンチでおしゃべりしてるの。

あのときもあのときで、すごく楽《たの》しかったなあ。

私《わたし》は小学生《しょうがくせい》のころを懐《なつ》かしみながら、公園《こうえん》の前《まえ》にあるコンビニに入《はい》り、バニラアイスを買《か》った。

「四月《がつ》なのに、寒《さむ》くないの？」

「アイスは三六五日《にち》おいしいよ！　特《とく》にこのバニラ味《あじ》！」

私《わたし》はアイスのパッケージをあけながら、雫《しずく》と小《ちい》さな公園《こうえん》のベンチに腰《こし》かけた。

花壇《かだん》とジャングルジムの間《あいだ》にあるベンチが、私《わたし》たちの定位置《ていいち》なの。

「んーっ、つめた！」

バーのアイスをぺろっとなめて、私《わたし》は口《くち》をすぼめた。つめたさに頭《あたま》がキンとする。

でも、甘《あま》いものはやっぱりおいしい！　雫《しずく》も、食《た》べたらいいのに！

「仁菜《にな》ちゃんって、かわいいよね。食《た》べてる姿《すがた》とか、ずっと見《み》ちゃう」

「えっ、雫《しずく》のほうが百倍《ひゃくばい》かわいいよ!?　これ、常識《じょうしき》！」

「ううん。本当《ほんとう》に、かわいいなあって思《おも》って」

雫《しずく》は花《はな》が咲《さ》くようにやわらかくほほえんだ。その顔《かお》を見《み》て、私《わたし》は決心《けっしん》をかためた。

……雫《しずく》に、伝《つた》えよう。真田《さなだ》くんのことが、気《き》になる、って。

自分《じぶん》だけじゃ混乱《こんらん》してるっていうのもあるけど。

そうじゃなくても、大事《だいじ》なことは雫《しずく》だけには知《し》ってほしいの。

これが初恋《はつこい》なのか、私《わたし》はどうしたらいいのか。大好《だいす》きな雫《しずく》は、どんな反応《はんのう》をするんだろう――。

すうっと息《いき》をすって、名前《なまえ》を呼《よ》ぶ。

「に、仁菜《にな》ちゃん」「雫《しずく》！」

わ、話《はな》しはじめ、かぶっちゃった！

「あははっ。息《いき》ピッタリだね、私《わたし》たち！」

「ふふ。ホントだね。どこまでも仲《なか》よしすぎるね」

ふたりで顔《かお》を見合《みあ》わせて笑《わら》いあってから、私《わたし》は雫《しずく》に言《い》った。

「雫《しずく》、先《さき》に話《はな》して！　なーに？」

私《わたし》のことは、雫《しずく》の話《はなし》がおわったら、ゆっくり聞《き》いてもらおう。とりあえず、雫《しずく》の話《はなし》から聞《き》こう。

なにも考《かんが》えずに、そう発言《はつげん》した。

「うん。あのね……」

雫《しずく》はすこし言葉《ことば》をためてから、ひと呼吸《こきゅう》おいて、おそるおそる声《こえ》を発《はっ》する。

「わたしね……、真田《さなだ》くんのこと好《す》きになっちゃったみたい……」

ざあっと強《つよ》い風《かぜ》が吹《ふ》いた。

「……え、……？」

……ちょっと、待《ま》ってよ。

……今《いま》、雫《しずく》、なんて言《い》ったの……？

私《わたし》の、聞《き》きまちがい……？

「……え、っと、なに？　ごめん、ぼーっとしてて」

うまく言葉《ことば》が聞《き》きとれなかった、だけだよね。きっと、そうだよね。

そう思《おも》って、たずねかえした私《わたし》に、雫《しずく》はうつむきながらも、さっきよりも大《おお》きな声《こえ》で、ゆっくり告《つ》げた。

「えっと、真田《さなだ》くんのことが、……好《す》きなの」

……ウソ、でしょ？

雫《しずく》も、真田《さなだ》くんのことが、好《す》き……？

風《かぜ》に葉《は》が舞《ま》いあがって、時《とき》の流《なが》れがスローモーションになったように感《かん》じる。

体《からだ》がずんと重《おも》くなって、胸《むね》がかつてないほど痛《いた》く締《し》めつけられた。

そんな、そんなこと……ある？

「急《きゅう》でびっくりしたよね。ごめんね」

「う、ううん。びっくりは、したけど……」

どうしよう。まだぜんぜん、受《う》けとめられない。雫《しずく》の顔《かお》を、直視《ちょくし》できないよ。

「今《いま》まで外見《がいけん》ばかりほめられて、中身《なかみ》を見《み》てくれる人《ひと》なんてぜんぜんいなかったけど……。真田《さなだ》くんはちがってて、ステキだなって思《おも》ったの」

雫《しずく》はうわの空《そら》の私《わたし》におかまいなしに、話《はなし》をつづける。

「ほら、入学式《にゅうがくしき》の日《ひ》、守《まも》ってくれたでしょう？　そのときから、気《き》になってはいて……」

「……そうなんだ」

思《おも》いかえせば、あのときの雫《しずく》は、今《いま》まで見《み》たことがないうるっとした瞳《ひとみ》をしていた。

あの日《ひ》から？　あの日《ひ》から、雫《しずく》は真田《さなだ》くんをひそかに想《おも》っていたの……？

「いつから、好《す》きだって思《おも》ったの？」

「えっと……。すこし前《まえ》の放課後《ほうかご》ね……」

雫《しずく》は幸《しあわ》せそうに頬《ほお》をゆるめて、そのときの出来事《できごと》を話《はな》しはじめた。


すこし前《まえ》の放課後《ほうかご》、図書《としょ》カウンター当番《とうばん》で、わたしはいつものように本《ほん》を読《よ》んでいた。

「如月《きさらぎ》、俺《おれ》のかわりに、いつもありがとな」

そしたら、部活《ぶかつ》が早《はや》くおわった真田《さなだ》くんが、図書室《としょしつ》に来《き》て……。

「これ。貸《か》すよ」

「ええっ」

真田《さなだ》くんが差《さ》しだしたのは、わたしが大好《だいす》きな作家《さっか》・御堂進吾《みどうしんご》の、最新推理小説《さいしんすいりしょうせつ》だったの！

大人気《だいにんき》で、近《ちか》くの本屋《ほんや》では完売《かんばい》してて、ちょっと遠《とお》くまで買《か》いに行《い》かなきゃな、って思《おも》ってたから、びっくりした。

「どうして、これ……」

「前《まえ》に、御堂進吾《みどうしんご》の本《ほん》、読《よ》んでたの見《み》たから。俺《おれ》も好《す》きなんだ。もしまだ読《よ》んでなかったら、貸《か》すよ」

「あ、ありがとう……！」

「御堂進吾《みどうしんご》の話《はなし》できる友《とも》だちができて、すげえうれしいな」

そう言《い》われて、胸《むね》がドキンってなったし、今《いま》まで感《かん》じたことないくらいうれしかった。

真田《さなだ》くんとはそれがきっかけで、仲《なか》よくなって……。だんだん、もっと話《はな》したい、話《はな》したりないって思《おも》うようになった。

こんなに話《はなし》が楽《たの》しい男《おとこ》の子《こ》、はじめてだったんだ……。

当時《とうじ》を思《おも》いだしながら話《はな》す雫《しずく》は、図書室《としょしつ》で目撃《もくげき》したときと同《おな》じ、恋《こい》する横顔《よこがお》をしていた。

私《わたし》、雫《しずく》の気持《きも》ちに、ぜんぜん気《き》づいてなかった……。

「真田《さなだ》くんって、言葉《ことば》にやさしさがあって、心《こころ》に芯《しん》があって、いい人《ひと》だなあって……」

雫《しずく》……。

私《わたし》も、同《おな》じことを思《おも》っているのに、今《いま》だけは共感《きょうかん》しあえない。

そうだね、私《わたし》もそう思《おも》うよ、なんて言《い》えるわけがなかった。

「それで、好《す》きにな……って、仁菜《にな》ちゃんっ。アイス、落《お》ちる！」

——べちゃっ。

気《き》づいてくれた雫《しずく》の声《こえ》もむなしく、私《わたし》の手《て》にあったバーのアイスが溶《と》けて、地面《じめん》に落《お》ちた。

ああ、アイスが……！

バニラアイスは、砂利《じゃり》に跡形《あとかた》もなく広《ひろ》がった。

まるで、私《わたし》のなかで形《かたち》になった甘《あま》い恋愛感情《れんあいかんじょう》がくずれていくみたいだ。

「アイス、落《お》ちちゃったね……。ごめんね、わたしが急《きゅう》にこんな話《はなし》するから」

「い、いや、私《わたし》のほうこそ、ごめん。……ぜんぜん、知《し》らなくて……」

「自覚《じかく》したのも最近《さいきん》だし、照《て》れくさくてなかなか言《い》えなかったの。こんなふうにだれかを好《す》きになったの、はじめて。仁菜《にな》ちゃんにだから、言《い》えるんだよ」

雫《しずく》のことだから、ずっとずっと考《かんが》えて、勇気《ゆうき》をだして話《はな》してくれたにちがいない。

私《わたし》のことを頼《たよ》りにしてくれてるのも、おたがい同《おな》じでうれしい。だけど……。

「……仁菜《にな》ちゃん。真田《さなだ》くんとの恋《こい》、応援《おうえん》してくれる……？」

雫《しずく》に純粋《じゅんすい》な目《め》をむけられ、私《わたし》は胸《むね》がつまって、どうしようもなかった。

こんなのって、ないよ……。

あまりに苦《くる》しくて、息《いき》がうまくできなかった。こんなに残酷《ざんこく》で、悲《かな》しいことがあるんだ、ってやるせない思《おも》いでいっぱいになる。

――それでも、私《わたし》の答《こた》えは、決《き》まっていた。

「……もちろん！」

私《わたし》の口《くち》からでたのは、その一言《ひとこと》だった。無理《むり》やり笑顔《えがお》を貼《は》りつける。

雫《しずく》は私《わたし》にとって、いちばん大事《だいじ》な親友《しんゆう》。かけがえのない、宝物《たからもの》みたいな存在《そんざい》。

大好《だいす》きな雫《しずく》がいるから、毎日《まいにち》が幸《しあわ》せで充実《じゅうじつ》してるの。

その日々《ひび》だけは、なにがあってもぜったいに、こわしたくない。

雫《しずく》とは、これからもずっと、いっしょにいたい。

その気持《きも》ちは、ほかのどんな気持《きも》ちよりも強《つよ》いって言《い》いきれるから。

「本当《ほんとう》？　仁菜《にな》ちゃんが協力《きょうりょく》してくれたら、心強《こころづよ》い。ありがとう……！」

瞳《ひとみ》をキラキラとかがやかせ、感激《かんげき》する雫《しずく》。

自分《じぶん》の手《て》で、この笑顔《えがお》を消《け》してしまうなんて、私《わたし》にはできないよ。

「任《まか》せて！　ふたりが両想《りょうおも》いになれるように、がんばっちゃうよ！」

「本当《ほんとう》に本当《ほんとう》に、ありがとう……！　仁菜《にな》ちゃん、大好《だいす》き」

雫《しずく》のほうからぎゅっとくっついてきて、私《わたし》も抱《だ》きしめかえした。

胸《むね》の奥《おく》だけがずっと痛《いた》くてつらいけど、……きっと大丈夫《だいじょうぶ》。苦《くる》しいのは、今《いま》が最後《さいご》だ。

私《わたし》は気《き》になっているくらいだから。まだまだひきかえせるところにいる。

真田《さなだ》くんのことをいいなと思《おも》った気持《きも》ちは、今日《きょう》で封印《ふういん》しよう。

雫《しずく》の恋《こい》に協力《きょうりょく》して、ふたりをくっつけて、雫《しずく》が笑《わら》っていてくれたら、私《わたし》はそれで報《むく》われるもん。

「仁菜《にな》ちゃんの話《はなし》って、なに？」

体《からだ》をはなした雫《しずく》が、きょとんとした顔《かお》でたずねてきて、私《わたし》は苦笑《にがわら》いする。

「あれ？　なんだったっけな。忘《わす》れちゃった！」

「ええ～？　気《き》になるよ」

「それよりさ、作戦会議《さくせんかいぎ》しようよ！　真田《さなだ》くんと仲《なか》よくなろう大作戦《だいさくせん》！」

「！　うんっ、したい！　しよう……！」

私《わたし》と雫《しずく》は、三日月《みかづき》が金色《きんいろ》に光《ひか》るまで、延々《えんえん》とガールズトークを繰《く》りひろげた。

大丈夫《だいじょうぶ》。私《わたし》はまだ、あきらめられる。

ひたすら自分《じぶん》にそう言《い》いきかせながら、痛《いた》い胸《むね》をおさえつけながら。

はじめて恋《こい》に気《き》づいた日《ひ》。私《わたし》は、親友《しんゆう》の恋《こい》を応援《おうえん》することに決《き》めたんだ——……。

9 切《せつ》ないはちみつレモン

私《わたし》はまだ、真田《さなだ》くんを好《す》きになったわけじゃない。ちょっと気《き》になっていただけ。

だから、この想《おも》いは見《み》なかったことにしよう。雫《しずく》のことを応援《おうえん》しよう。

そう心《こころ》に決《き》めて、数日《すうじつ》がたった。

「雫《しずく》、ちゃんと持《も》ってきたよね？」

「う、うん……」

窓《まど》の外《そと》からは、さわやかな風《かぜ》が入《はい》ってきて、うららかな日《ひ》がさしこんでいる。

始業時間《しぎょうじかん》三十分前《ぶんまえ》の教室《きょうしつ》には、私《わたし》と雫《しずく》以外《いがい》だれもいなかった。

ガラッ。教室《きょうしつ》の扉《とびら》が開《あ》き、姿《すがた》を現《あらわ》したのは、運《うん》よく真田《さなだ》くんだった。

「真田《さなだ》くん、おはよう！」

「はよ。ふたりとも、今日早《きょうはや》いな」

「おはよう……」

あいさつすらぎこちない雫《しずく》が、恋《こい》するオトメって感《かん》じですごくかわいい。

けど、今日《きょう》の作戦《さくせん》はそんな弱気《よわき》じゃ成功《せいこう》しない！　もっと積極的《せっきょくてき》にいかないと！

「……ほら、雫《しずく》。話《はな》しかけなよ」

こそっと耳打《みみう》ちした私《わたし》に、雫《しずく》はか細《ぼそ》い声《こえ》で首《くび》を横《よこ》にふる。

「む、無理《むり》……。やっぱり、わたしにはできない……！」

私《わたし》の背中《せなか》にかくれてしまう雫《しずく》。私《わたし》は「わかったよ」とあきらめをつけ、真田《さなだ》くんに近《ちか》づいた。

「朝練《あされん》、おつかれ！　雫《しずく》がね、差《さ》し入《い》れだって！」

「え？」

私《わたし》の言葉《ことば》に、雫《しずく》はようやく前《まえ》に歩《あゆ》みでて、持《も》っていた容器《ようき》を差《さ》しだした。

「はちみつレモン、作《つく》ってきたの……」

「俺《おれ》に、か？」

とつぜんのことに、真田《さなだ》くんは目《め》を丸《まる》くしてとまどっている。

「……に、仁菜《にな》ちゃん。どうしよう、気持《きも》ちバレちゃったら……！」

真田《さなだ》くんの反応《はんのう》にあせった雫《しずく》が、私《わたし》の耳《みみ》もとでささやいてきた。

よし、ここは私《わたし》がうまく立《た》ちまわるしかない！

「雫《しずく》の作《つく》るはちみつレモンがおいしくて、私《わたし》が真田《さなだ》くんにも食《た》べてほしいって言《い》ったの！　だから、持《も》ってきてくれたんだよ。感謝《かんしゃ》しなよね！」

「そうだったのか。サンキュな」

「ほ……っ」

雫《しずく》は安堵《あんど》のため息《いき》をついて、胸《むね》をなでおろしている。

こうして毎日後押《まいにちあとお》ししてるんだけど、雫《しずく》は極度《きょくど》のはずかしがりやだからなあ。

「じゃ、さっそく食《た》べていいか？」

「も、もちろん。口《くち》に合《あ》うか、わからないんだけど……」

真田《さなだ》くんが容器《ようき》の蓋《ふた》を開《あ》けたところで……。

「もう！　朝陽《あさひ》、はやいよーっ。なんで僕《ぼく》のことおいてくの？」

矢野《やの》くんのかわいい声《こえ》がして、私《わたし》たちは教室《きょうしつ》の扉《とびら》のほうを見《み》た。

神永《かみなが》くん、南波《なんば》くんも後《うし》ろにつづいてやってきた。

サッカー部《ぶ》のキラキラ集団《しゅうだん》……！　こんないいタイミングで！

「朝陽《あさひ》って着替《きが》え早《はや》いよね。いつも先《さき》に帰《かえ》るし。航《わたる》は意外《いがい》と遅《おそ》いよね」

神永《かみなが》くんがさわやかにクスリと笑《わら》うと、南波《なんば》くんはむっと顔《かお》をしかめる。

「それは、朝陽《あさひ》が協調性《きょうちょうせい》ないだけだからな！　俺《おれ》はただマイペースなだけだっつーの！」

そんなやりとりをよそに、矢野《やの》くんが「は、はちみつレモンがあるー！」と叫《さけ》んだ。

「僕《ぼく》の大好物《だいこうぶつ》だよ！　もしかして僕《ぼく》のためかな？　如月《きさらぎ》さんと豊崎《とよさき》さんが作《つく》ってくれたの？　わあ、ありがとー！　超《ちょう》うれしいよっ！」

矢野《やの》くん、ぜんぜんちがうよ……。ひとりでペラペラ話《はな》す矢野《やの》くんにあきれ笑《わら》いをする。

でも勝手《かって》なイメージだけど、矢野《やの》くんは甘《あま》いものとか好《す》きそうだよね。

「すっごくおいしそーっ。食《た》べていいっ？」

「はー？　春輝《はるき》だけずりい。俺《おれ》も食《く》うぜ！」

「本当《ほんとう》においしそうだね。俺《おれ》も食《た》べてもいいかな？」

「あ、うん、もちろんだよ。どうぞ」

雫《しずく》はやさしいから、真田《さなだ》くん以外《いがい》の三人《にん》にも快《こころよ》くうなずいて、容器《ようき》を差《さ》しだした。

レモンのスライスを、同時《どうじ》に口《くち》に運《はこ》んだ三人《にん》は、いっせいに表情《ひょうじょう》が変《か》わる。

「んーっ。おいしーっ。如月《きさらぎ》さん、僕《ぼく》、こんなにおいしいの、はじめて食《た》べたよ！」

「マジでうめえ！　俺《おれ》がぜんぶ食《く》いてえ。いいよな!?」

「本当《ほんとう》においしいね。如月《きさらぎ》さんって、料理上手《りょうりじょうず》なんだね」

そう、器用《きよう》で天才《てんさい》な雫《しずく》のはちみつレモンは、絶品《ぜっぴん》……って、そうじゃなくて！

肝心《かんじん》の真田《さなだ》くんが、まだ食《た》べられてないんですけど⁉

「ほら、真田《さなだ》くんも！　早《はや》く食《た》べなよ！」

私《わたし》が真田《さなだ》くんに声《こえ》をかけた途端《とたん》、雫《しずく》が感謝《かんしゃ》の視線《しせん》をおくってくる。よかった、よかった。

真田《さなだ》くんは「おう、いただきます」と、一枚《まい》レモンのスライスを食《た》べて……。

「うま……！　すげえうまいな」

「ホント……？　よかったあ」

あまりのおいしさに目《め》を見開《みひら》く真田《さなだ》くんに、雫《しずく》はぱあっと顔《かお》を明《あか》るくした。

「如月《きさらぎ》って、料理《りょうり》も得意《とくい》なのな。すごいな」

「そ、そんなことないよ」

「これは豊崎《とよさき》がハマるのも納得《なっとく》する。俺《おれ》も、毎日《まいにち》食《た》べたいくらいだ」

「！　……ありがとう」

雫《しずく》は、赤《あか》く染《そ》まった頬《ほお》をかくすようにうつむいた。

ちくっ。細《ほそ》い針《はり》が刺《さ》さったような痛《いた》みを感《かん》じて、私《わたし》はツバを飲《の》みこんだ。

……こういうのは、ほうっておけばすぐ治《なお》る。だから、大丈夫《だいじょうぶ》。

「仁菜《にな》ちゃんも、食《た》べて」

「食《た》べる食《た》べるーっ！　雫《しずく》の手作《てづく》りはちみつレモン、私大好《わたしだいす》きなんだよね！」

雫《しずく》がフォークをわたしてくれて、「いただきまーす！」と元気《げんき》よく頬張《ほおば》る。

うん、安定《あんてい》においしすぎる！

「豊崎《とよさき》、俺《おれ》の分《ぶん》とるな」

すると、真田《さなだ》くんが私《わたし》にむっと顔《かお》をしかめた。

「えー、どうしようかな。早《はや》くしないとなくなるよー？」

「おい、だめだ。俺《おれ》も食《た》べたいから、半分《はんぶん》な」

「しかたないなあ。真田《さなだ》くんはあと一口《ひとくち》ね」

「なんで一口《ひとくち》なんだよ。そんなこと言《い》われた

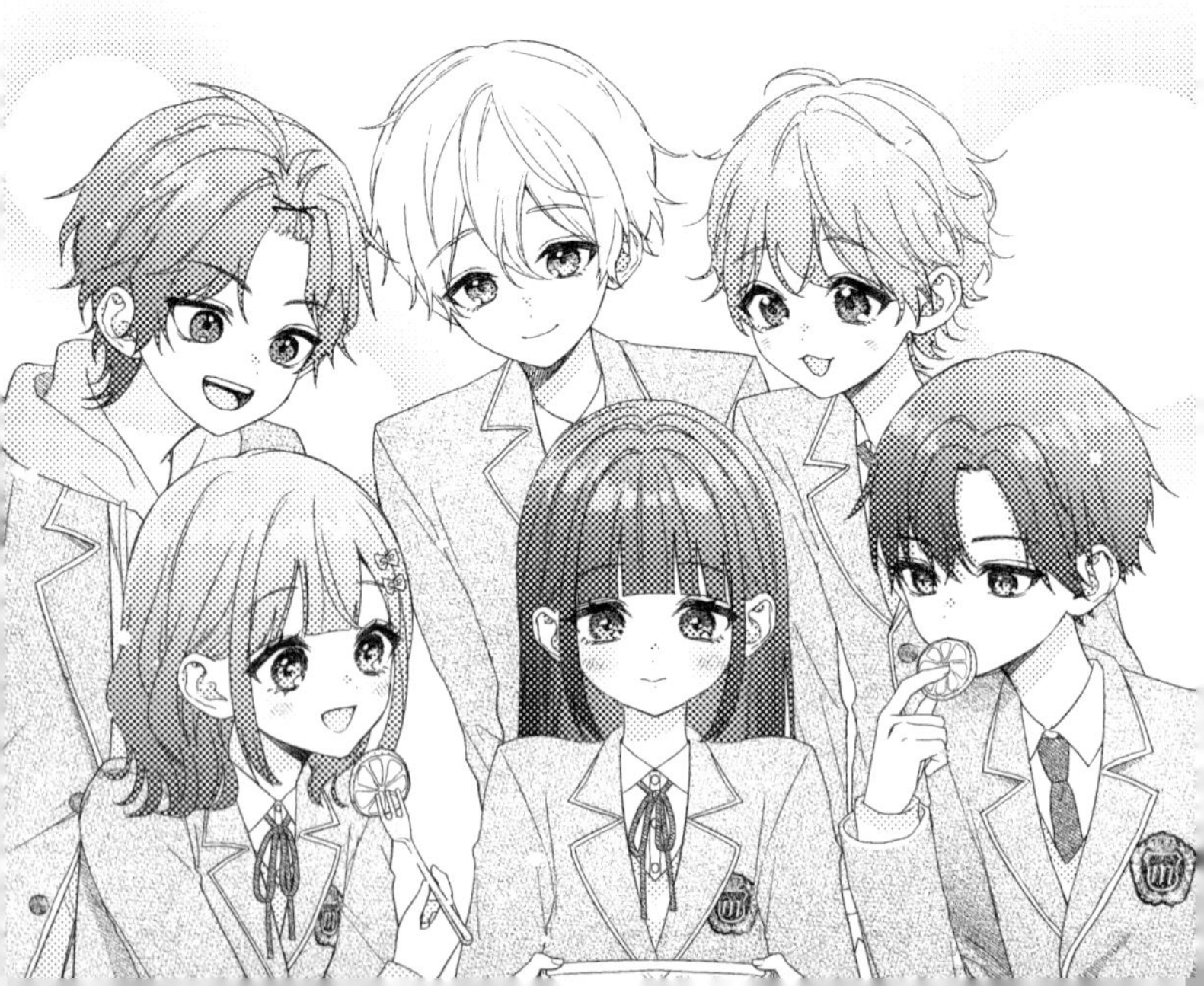

ら、先《さき》に俺《おれ》がぜんぶ食《く》うから」

「や、やだやだ！　半分《はんぶん》あげるって！」

ついつい真田《さなだ》くんとくだらない会話《かいわ》で、盛《も》りあがってしまう。

真田《さなだ》くんってば、意外《いがい》と子《こ》どもっぽいところあるんだから！

「……うわあ、朝陽《あさひ》がこんなに女子《じょし》と話《はな》すの、はじめて見《み》たぁ！」

「……俺《おれ》も。見《み》たことない」

な……っ!?

とつぜんの矢野《やの》くんと神永《かみなが》くんの無自覚《むじかく》なセリフに、ぎくっとする。

「ちょ、矢野《やの》くん？　神永《かみなが》くん？　そんなことないよね」

雫《しずく》のいる前《まえ》で、そんなこと言《い》わないでほしいのに……！　雫《しずく》、今《いま》のどう思《おも》ったかな？

おそるおそる雫《しずく》の表情《ひょうじょう》を確認《かくにん》する。

ほっ……。なにも思《おも》ってなさそう……。

そっと胸《むね》をなでおろしながら、なぜか罪悪感《ざいあくかん》が押《お》し寄《よ》せてきたんだ。

真田《さなだ》くんと仲《なか》よくなろう大作戦《だいさくせん》は、毎日《まいにち》のように決行《けっこう》していた。

お弁当《べんとう》タイムや休《やす》み時間《じかん》、下校中《げこうちゅう》など、チャンスさえあれば、雫《しずく》をつれて真田《さなだ》くんに話《はな》しかけに行《い》っている。

「仁菜《にな》ちゃんがいなかったらわたし、なにもできない。本当《ほんとう》にありがとう……」

「いいの、いいの！　ちょっとずつ、距離縮《きょりちぢ》めていこ！」

「うんっ。ありがとう……！」

消極的《しょうきょくてき》な雫《しずく》は、そんな私《わたし》の協力《きょうりょく》にすごく感謝《かんしゃ》してくれてる。

「次《つぎ》の数学《すうがく》の課題《かだい》、真田《さなだ》くんに教《おし》えてもらおう」

「う、うん」

私《わたし》は雫《しずく》の背中《せなか》を押《お》し、矢野《やの》くんの席《せき》にいる真田《さなだ》くんのところへ行《い》った。

「数学《すうがく》の課題《かだい》、わからなくて……。教《おし》えてもらえないかな？」

雫《しずく》、か細《ぼそ》い声《こえ》だけど、ちゃんと言《い》えた！　自分《じぶん》で話《はな》しかけられたのは、大進歩《だいしんぽ》だ！

「ちょうど僕《ぼく》も今《いま》、朝陽《あさひ》と解《と》いてたところなの。豊崎《とよさき》さんたちもいっしょにやろう！」

矢野《やの》くんがくりっとしたまるい目《め》をむけてくる。ナイスタイミング！

「この問題《もんだい》、わかるかな……？」

雫《しずく》は教科書《きょうかしょ》を開《ひら》いて、真田《さなだ》くんに見《み》せた。

実《じつ》は、雫《しずく》は頭《あたま》がいい。だから、自分《じぶん》でも余裕《よゆう》で解《と》けちゃうと思《おも》うけど……。

男子《だんし》はたぶん頼《たよ》られるのに弱《よわ》いし、話《はな》しかける口実《こうじつ》に使《つか》っちゃおう、っていう私《わたし》のアイディア。

「ここは、このページの解《と》き方《かた》を応用《おうよう》して……」

どうやら、真田《さなだ》くんも頭《あたま》がいいらしい。神永《かみなが》くんが委員会《いいんかい》で言《い》ってたし、授業中《じゅぎょうちゅう》となりにいれば、その学力《がくりょく》の高《たか》さは伝《つた》わってくる。

雫《しずく》は至近距離《しきんきょり》で真田《さなだ》くんの解説《かいせつ》を聞《き》き、ドキドキしているのがこっちにまで伝《つた》わってくる。

よしよし、いい雰囲気《ふんいき》だ！

「矢野《やの》くん、……これ、教《おし》えて！」

そんなかで、ちゃんと勉強《べんきょう》が苦手《にがて》な私《わたし》。うう、演技《えんぎ》ならよかったよ。情《なさ》けない……。

本当《ほんとう》に教《おそ》わりたかった私《わたし》は、雫《しずく》と真田《さなだ》くんの邪魔《じゃま》をしないように、矢野《やの》くんにこそっと質問《しつもん》した。

「ああ、これか。むずかしいよねぇ。僕《ぼく》も数学《すうがく》だけ苦手《にがて》で、苦戦《くせん》してるよ～」

けれど、矢野《やの》くんも険《けわ》しい表情《ひょうじょう》で頭《あたま》をかかえこんでしまった。

なんと……。苦手同士《にがてどうし》のふたりじゃ、なにも進《すす》まない……。

「あ、仁菜《にな》ちゃん、それ、わたし昨日《きのう》できたから、教《おし》えてあげる。このx《エックス》を、……」

すると、雫《しずく》が私《わたし》のノートをのぞきこみながら、ペンで数式《すうしき》をさした。

え、っと、キサラギサン……？

あ然《ぜん》とする私《わたし》に気《き》づかず、雫《しずく》はすらすらと問題《もんだい》の解《と》き方《かた》を説明《せつめい》してくれる。

「……っていう感《かん》じで、やればできると思《おも》うな」

解説《かいせつ》がおわるころには、私《わたし》だけではなく、真田《さなだ》くんと矢野《やの》くんもぼう然《ぜん》としている。

「……えと。如月《きさらぎ》さんって、本当《ほんとう》に課題《かだい》できなかったの……？」

ついに矢野《やの》くんが、きょとんとして問《と》いかける。

「……はっ」

し、雫《しずく》……！　数学苦手《すうがくにがて》キャラ、すっかり忘《わす》れてる！

雫《しずく》の顔《かお》はさあっと血《ち》の気《け》がひいて、みるみるうちに青《あお》くなっていく。

どうする、雫《しずく》……!?

「に、仁菜《にな》ちゃんが困《こま》ってたから。なにかの力《ちから》が、目覚《めざ》めたのかも……っ？」

「へ……？」

私《わたし》は、さらにぽかんとしてしまった。

む、無理《むり》があるっ！　言《い》い訳《わけ》が、雫《しずく》らしいけど、苦《くる》しすぎる……！

「……ははっ。なんだそれ。如月《きさらぎ》、おもしろいな」

でも、真田《さなだ》くんが大《おお》きく口《くち》をあけて笑《わら》いはじめた。

あれ、真田《さなだ》くん、ウケてらっしゃる……？

「さな、だくん……？」

ぎゅっと目《め》をつぶっていた雫《しずく》は、真田《さなだ》くんの笑顔《えがお》を見《み》て、へなへなと力《ちから》がぬけていく。

そして、照《て》れくさそうにはにかんだ。その雫《しずく》のうれしそうな顔《かお》を見《み》て、私《わたし》もほっとする。

……よかったね、笑《わら》ってくれて。

……それにしても、私《わたし》が困《こま》ってたら、すかさず助《たす》けてくれちゃうところ、雫《しずく》らしくて好《す》きだな。

「豊崎《とよさき》、わかんないなら俺《おれ》に聞《き》けよ」

真田《さなだ》くんは、私《わたし》の横《よこ》にずいっと距離《きょり》をつめてきた。

「え、なんでよ？　いいよ。私《わたし》、雫《しずく》に教《おし》えてもらうもん」

「如月《きさらぎ》は春輝《はるき》に教《おし》えてやって。たぶん、豊崎《とよさき》より春輝《はるき》のほうが、数学《すうがく》マシだから」

「な、ひどいっ！」

「ほら、さっさとやるぞ」

むっとする私《わたし》をスルーして、真田《さなだ》くんは課題《かだい》の続《つづ》きにとりかかる。

真田《さなだ》くんは頭《あたま》がいいし、説明《せつめい》もすごく上手《じょうず》。
すらりと長《なが》い指《ゆび》とか、きれいな字《じ》とか、近《ちか》くで改《あらた》めて見《み》ると、トクンと胸《むね》がときめく。
……って、ときめいちゃだめなんだってば！
気《き》がつけば、私《わたし》と真田《さなだ》くん、雫《しずく》と矢野《やの》くんという構図《こうず》ができあがってしまっていた。
はっ。いけない！
「……っ」
ふとぎこちない表情《ひょうじょう》の雫《しずく》が目《め》に入《はい》る。雫《しずく》の複雑《ふくざつ》な気持《きも》ちを察《さっ》して、私《わたし》はわれにかえる。
ああ、やってしまった……！
私《わたし》が真田《さなだ》くんと仲《なか》よくなったら、まずいのに……！

10 大切《たいせつ》な親友《しんゆう》のためなら

「……あのね、わたし、女優《じょゆう》のスカウト、受《う》けてみようと思《おも》うの」

四月《がつ》もおわりに近《ちか》づくころ、帰《かえ》り道《みち》で雫《しずく》は私《わたし》にそう打《う》ちあけた。

「ええっ、そっかそっか！　いいと思《おも》うよ。がんばって！」

「うん、ありがとう」

「でも、どうして急《きゅう》に？　一回《いっかい》は断《ことわ》ってたよね？」

「仁菜《にな》ちゃんは陸上部《りくじょうぶ》で、……それに真田《さなだ》くんだって、サッカー部《ぶ》でがんばってて……。わたしも、なにかに挑戦《ちょうせん》してみようと思《おも》ったの」

雫《しずく》は、えへへ、とかすかに笑《わら》う。

……雫《しずく》、変《か》わったなあ。

今《いま》までは、自信《じしん》がないとか、はずかしいとかで、新《あたら》しいことや目立《めだ》つことを避《さ》ける子《こ》だったのに。

「……それにね、今日《きょう》、真田《さなだ》くんに小説借《しょうせつか》りちゃった」

雫《しずく》はカバンから小説《しょうせつ》を取《と》りだし、ふわりと表情《ひょうじょう》を和《やわ》らげた。

「え！　ひとりで話《はな》しかけて、本《ほん》の貸《か》し借《か》りもしたの？」

「そう……。前《まえ》の委員会《いいんかい》で話《はな》してた本《ほん》を、持《も》ってきてくれて。今日《きょう》の図書《としょ》カウンター当番《とうばん》で、さっそく最後《さいご》まで読《よ》んじゃった」

雫《しずく》、着実《ちゃくじつ》に前《まえ》に進《すす》んでるなあ。いい方向《ほうこう》に変化《へんか》してるっていうか。

自分《じぶん》ひとりで、真田《さなだ》くんと距離《きょり》を縮《ちぢ》めようとしてる。

私《わたし》の後押《あとお》しがなくても、真田《さなだ》くんと仲《なか》よくなろうと行動《こうどう》してる。

これもぜんぶ、恋《こい》のパワーなのかな？

雫《しずく》の手《て》にある小説《しょうせつ》は、むずかしそうなタイトルで、私《わたし》にはさっぱり理解《りかい》できそうにない。

知《し》らない間《あいだ》に、両想《りょうおも》いになっちゃったりして……。

ズキン。手《て》を繋《つな》いで笑《わら》いあうふたりを想像《そうぞう》すると、胸《むね》が押《お》しつぶされそうになる。

……でも、いいんだ。雫《しずく》が未来《みらい》で笑顔《えがお》になるのに、越《こ》したことはないから。

「あれ、豊崎《とよさき》さんと如月《きさらぎ》さんだ」

「神永《かみなが》くん！」

ふと名前《なまえ》を呼《よ》ばれてふりかえれば、神永《かみなが》くんと南波《なんば》くん、矢野《やの》くん、そして真田《さなだ》くんが立《た》っていた。

「また豊崎《とよさき》たちか。なんっか最近《さいきん》、よくお前《まえ》らといっしょになるよなー」

南波《なんば》くんにそう言《い》われて、私《わたし》もうんうんとうなずいた。

私《わたし》が雫《しずく》をつれて、真田《さなだ》くんに話《はな》しかけてるからかな？　キラキラ集団《しゅうだん》も、雫《しずく》も、その場《ば》にいるだけで目立《めだ》つ。地味《じみ》な私《わたし》だけ、ちょっと場《ば》ちがい感《かん》あるけど……、まあいっか！

私《わたし》たちは、六人《にん》でぞろぞろと歩《ある》きだした。

「僕《ぼく》、ふたりと仲《なか》よくなれてうれしいな。仁菜《にな》っち、しーちゃんって呼《よ》んでいい？」

「変《へん》なセンスだな」

いきなりあだ名《な》をつける矢野《やの》くんに、すかさず真田《さなだ》くんがつっこむ。

「いいよー！　じゃあ、私《わたし》は春輝《はるき》くんって呼《よ》ぶね！」

「しーちゃん、しーちゃん……」

たぶん、今《いま》までそんな風《ふう》に呼《よ》ばれたことないからかな？

雫《しずく》が新鮮《しんせん》そうな顔《かお》で、あだ名《な》を繰《く》りかえしていて、かわいい。

「豊崎《とよさき》さんは部活帰《ぶかつがえ》りだよね。如月《きさらぎ》さんは？」

「わたしは、図書委員《としょいいん》のカウンター当番《とうばん》だったの」

「俺《おれ》もやらなきゃいけねえのに、いつも部活《ぶかつ》で如月《きさらぎ》に頼《たの》むことになって、本当《ほんとう》に悪《わる》い」

「ううん、いいの。図書室《としょしつ》で本読《ほんよ》めるし。……そうだ、貸《か》してくれた、『ブロンズ館失踪事件《かんしっそうじけん》』、おもしろかった……！」

「だろ？　これ、最初《さいしょ》からひきこまれるよな。主人公《しゅじんこう》の凛《りん》のキャラに、ギャップがあってさ」

「そうそう！　最初《さいしょ》はあんなにだめだめな感《かん》じなのに、途中《とちゅう》で覚醒《かくせい》するところ、カッコよかった……！　それに、謎解《なぞと》きのどんでんがえしにもびっくりした」

「わかる。トリックはむずかしいけど、解《と》けるとすっきりするし、それに……」

雫《しずく》と真田《さなだ》くんは、本《ほん》の話題《わだい》で話《はなし》が弾《はず》んでいる。

私《わたし》にはぜんぜん理解《りかい》できなそうな、むずかしい推理小説《すいりしょうせつ》の本《ほん》。

そんなふたりを見《み》ると、息苦《いきぐる》しくなる。けれど、すこしずつ忘《わす》れていかないと、だよね。

「しーちゃん、本《ほん》の話《はなし》になるとこんなに話《はな》すんだね」

「如月《きさらぎ》さん、お前《まえ》といるときより楽《たの》しそうじゃね？」

南波《なんば》くんがチクリとする言葉《ことば》を投《な》げてくる。

ひどいっ。もしそうだとしても、いちいち伝《つた》えてこなくていいじゃん。

「航《わたる》。そんなこと言《い》っちゃだめでしょ！　しーちゃんは、仁菜《にな》っちといるときも、いつもこんなふうに笑《わら》ってるよ？」

すぐに春輝《はるき》くんが頬《ほお》をふくらませておこってくれる。

春輝《はるき》くんって、本当《ほんとう》にやさしいよなあ。女子《じょし》の味方《みかた》、って感《かん》じ。

「航《わたる》は、本当《ほんとう》は豊崎《とよさき》さんと仲《なか》よく話《はな》したいんだよ。だから、大目《おおめ》に見《み》てやってね」

こそっと神永《かみなが》くんが私《わたし》に耳打《みみう》ちしてきた。

私《わたし》と仲《なか》よく話《はな》したい？　……いやいや、そんなことは、ないと思《おも》うけどね。

「爽《そう》、今《いま》なんて言《い》ったんだよ？　こそこそしやがってー！」

「教《おし》えない。俺《おれ》と豊崎《とよさき》さんのヒミツ」

意味《いみ》ありげに含《ふく》み笑《わら》いした神永《かみなが》くんに、南波《なんば》くんはよりヒートアップしてつめ寄《よ》った。

「しかたねえ。俺《おれ》らはこっちだから、爽《そう》、明日《あした》ぜったい教《おし》えろよな」

南波《なんば》くんが分《わ》かれ道《みち》で立《た》ちどまって、私《わたし》とはべつの方向《ほうこう》に体《からだ》をむけた。まだあきらめがついてなさそうで、ムズムズしているけど。

「僕《ぼく》と航《わたる》、このあとサッカーのスパイク見《み》る約束《やくそく》してたの。また明日《あした》ね！」

南波《なんば》くんと矢野《やの》くんは、私《わたし》たちとはべつの道《みち》に進《すす》んだ。

ふたりに手《て》をふったあと、帰《かえ》り道《みち》は、私《わたし》と神永《かみなが》くん、雫《しずく》と真田《さなだ》くんの四人《よにん》になる。

「……そういえば、豊崎《とよさき》。今日《きょう》の記録《きろく》、どうだった？」

「え？」

雫《しずく》との話《はなし》が一段落《いちだんらく》した真田《さなだ》くんが、ふと私《わたし》のほうを見《み》て聞《き》いてきた。

前《まえ》に、今日《きょう》が記録《きろく》とりなおしの日《ひ》だって、何気《なにげ》なく話《はな》してたの。

それを、覚《おぼ》えてたの……？

「自己《じこ》ベスト、更新《こうしん》したよ」

「本当《ほんとう》か？　よかったな。すげえがんばってたもんな」

「あ、ありがと……」

……ほら。こうやって、私《わたし》のことを気《き》づかってくれる。

真田《さなだ》くんのことを忘《わす》れたくて、早《はや》くあきらめたくて。

どんなに想《おも》いをふりきっても、こういうさりげないやさしさで、ぜんぶムダになってしまうの。

ずるいよ、真田《さなだ》くん……。

「あっ、そうだ」

そのとき、神永《かみなが》くんが思《おも》いだしたように声《こえ》を発《はっ》して、カバンをごそごそと漁《あさ》った。

「俺《おれ》、CM《シーエム》の仕事《しごと》した遊園地《ゆうえんち》があって、そのチケットをもらったんだよね」

「遊園地《ゆうえんち》？」

神永《かみなが》くんが見《み》せてきたのは、四枚《まい》の遊園地《ゆうえんち》チケットだった。

転校《てんこう》してきたばかりのころ、家族《かぞく》で遊《あそ》びに行《い》ったことがある。

電車《でんしゃ》で数十分《すうじゅっぷん》のところにあって、大《おお》きな観覧車《かんらんしゃ》が有名《ゆうめい》な、一日《いちにち》楽《たの》しめる遊園地《ゆうえんち》だ。

「俺《おれ》ら、次《つぎ》の日曜日《にちようび》、部活《ぶかつ》も仕事《しごと》もオフでさ。それで、ふたりにお願《ねが》いがあるんだ。実《じっ》は、今度《こんど》恋愛《れんあい》ドラマにでるんだけど、遊園地《ゆうえんち》でダブルデートに行《い》くシーンがあるんだよね」

ほうほう。神永《かみなが》くん、俳優《はいゆう》のお仕事《しごと》までやるんだ。活躍《かつやく》の幅《はば》が広《ひろ》い。

「役作《やくづく》りのために、俺《おれ》と朝陽《あさひ》といっしょに、遊園地《ゆうえんち》に行《い》ってくれないかな？　……まあ半分《はんぶん》は、俺《おれ》らのただのリフレッシュだけどね」

神永《かみなが》くんのおさそいに、私《わたし》は胸《むね》が弾《はず》む。もちろん答《こた》えはひとつだ。

「行《い》きたい！」

「わ、わたしも、行《い》きたい……！」

雫《しずく》も乗《の》り気《き》で、私《わたし》の声《こえ》につづいた。ワクワクしてるのが、見《み》るからに伝《つた》わってくる。

そうだ。そうだよ。大事《だいじ》なことを、忘《わす》れちゃいけない。
これは雫《しずく》と真田《さなだ》くんをくっつける、絶好《ぜっこう》のチャンス。
遊園地《ゆうえんち》なんて、一気《いっき》に親《した》しくなるにちがいない。
私《わたし》は、ふたりのキューピッドとして、力《ちから》を尽《つ》くすんだ……！
「ありがとう。じゃ、決《き》まりね」
ウインクした神永《かみなが》くん。
遊園地《ゆうえんち》では、神永《かみなが》くんの役作《やくづく》りに協力《きょうりょく》する裏側《うらがわ》で、私《わたし》は雫《しずく》の恋《こい》を後押《あとお》ししなくちゃ。
これ以上《いじょう》、真田《さなだ》くんへの想《おも》いが増《ふ》えないように。
一秒《いちびょう》でも早《はや》く、真田《さなだ》くんへの気持《きも》ちが断《た》ちきれるように。
真田《さなだ》くんとは、すこし距離《きょり》をおかないと……。

11 ドキドキの遊園地《ゆうえんち》

「わあ……っ」

思《おも》わず上《うえ》を見上《みあ》げて、歓声《かんせい》をもらしてしまう。

最初《さいしょ》に園《えん》の中央《ちゅうおう》で、大観覧車《だいかんらんしゃ》が私《わたし》たちを迎《むか》えてくれる。色《いろ》とりどりの花《はな》や、豪華《ごうか》な噴水《ふんすい》。絶叫《ぜっきょう》系《けい》のアトラクションや、メルヘンな建物《たてもの》が見渡《みわた》す限《かぎ》りに広《ひろ》がる。ポップな音楽《おんがく》もいたるところのスピーカーから流《なが》れていて、パフォーマーが軽快《けいかい》にダンスをしている。

遊園地《ゆうえんち》なんて久《ひさ》しぶりに来《き》た……！　テンションあがりまくり！

でも、楽《たの》しむだけじゃなくて、雫《しずく》と真田《さなだ》くんをくっつけられるように、協力《きょうりょく》しなきゃ！

「なにからのる？」

最初《さいしょ》に声《こえ》をかけてきたのは、神永《かみなが》くん。水色《みずいろ》のシャツに白《しろ》のカーディガンを羽織《はお》っていて、頭《あたま》には変装用《へんそうよう》の深《ふか》めのキャップ。私服《しふく》まで王子様系《おうじさまけい》で、あまりにさわやかすぎる。

「豊崎《とよさき》と如月《きさらぎ》が決《き》めて」

クールな視線《しせん》をむけてきたのは、真田《さなだ》くん。シンプルな白地《しろじ》のＴ《ティー》シャツの上《うえ》に、黒《くろ》のベストをさらっと着《き》こなしていて、制服《せいふく》とのギャップがあってカッコいい。

「どうしようか？　仁菜《にな》ちゃん、なにかのりたいの、ある？」

高《たか》いソプラノの声《こえ》で聞《き》いてきたのは、雫《しずく》。ふわっと裾《すそ》の広《ひろ》がる花柄《はながら》のワンピースに、リボンのついたパンプスを履《は》いていて、女子力全開《じょしりょくぜんかい》だ。

「ジェットコースター、のりたい！」

そして元気《げんき》よく答《こた》えたのが、私《わたし》。白《しろ》いパーカーにデニムのスカート、履《は》きなれたスニーカーを合《あ》わせて、カジュアルなコーデ。

「わ、わたし、のれるかな……」

ぼそっと小《ちい》さく呟《つぶや》いた雫《しずく》の声《こえ》を、私《わたし》は聞《き》きのがさなかった。

そうだ。遊園地《ゆうえんち》に来《く》るのが久《ひさ》しぶりで忘《わす》れていたけど、雫《しずく》は絶叫系《ぜっきょうけい》が苦手《にがて》なんだった。

「やっぱり、あのシューティングゲームからやろう！」

私《わたし》はゲートのいちばん近《ちか》くにあった、シューティング系《けい》のアトラクションを指《ゆび》さした。

「決定《けってい》だな」

そのアトラクションにたどりつくと、乗《の》り物《もの》一台《だい》に、ふたり乗《の》りだということが判明《はんめい》した。

「どうやってのる？」

神永《かみなが》くんが私《わたし》たちを見《み》まわして、たずねてきた。

んー、どういう組《く》み合《あ》わせが……。

「……っ！」

そのとき偶然《ぐうぜん》にも、バチッと真田《さなだ》くんと目《め》が合《あ》ってしまった。

やばい。私《わたし》は慌《あわ》てて、神永《かみなが》くんのほうをむく。

「か、神永《かみなが》くんっ、いっしょにのろ！」

「うん、のろう」

真田《さなだ》くんとペアになってしまう前《まえ》に、私《わたし》は神永《かみなが》くんをさそって、乗《の》り物《もの》にのりこむ。

あ、危《あぶ》ない。今《いま》、真田《さなだ》くん、私《わたし》のこと見《み》てた？　……いやいや、気《き》のせいだよね。

シューティングゲームで、私《わたし》はとまどいを消《け》しさるように敵《てき》を撃《う》ちまくったのだった。

「豊崎《とよさき》さん、点数高《てんすうたか》すぎるね」

「えっへへ。こういう撃《う》つゲーム、大得意《だいとくい》なの」

「カッコいいね。俺《おれ》、男《おとこ》なのに負《ま》けてはずかしいな」

「リベンジ、受《う》けてたってもいいよ？」

アトラクションからおりて、神永《かみなが》くんと盛《も》りあがりながら歩《ある》く。

前《まえ》には、真田《さなだ》くんと雫《しずく》がとなりにならんで歩《ある》いている。

そうそう、この調子《ちょうし》。雫《しずく》と真田《さなだ》くんふたりの時間《じかん》を作《つく》れてるよね。

それに、私《わたし》は極力《きょくりょく》、真田《さなだ》くんと距離《きょり》をとるって決《き》めたから。

次《つぎ》のアトラクションは、おばけ屋敷《やしき》。神永《かみなが》くんがリクエストしてきた。

おばけ屋敷《やしき》は、乗《の》り物《もの》ではなく、自分《じぶん》たちで歩《ある》いて進《すす》むタイプ。

通路《つうろ》は狭《せま》いし、臨場感《りんじょうかん》バツグンだ。

真田《さなだ》くん、雫《しずく》、私《わたし》、神永《かみなが》くんの順《じゅん》で一列《れつ》にならんで、おばけ屋敷《やしき》の暗闇《くらやみ》に突入《とつにゅう》する。

「……きゃあっ」

白《しろ》い服《ふく》を着《き》たロングヘアの女《おんな》の人《ひと》が、とつぜんぬるりと前《まえ》にあらわれる。

雫《しずく》は短《みじか》い悲鳴《ひめい》をあげて、とっさに私《わたし》に飛《と》びついた。

ちょっと雫《しずく》!?　すぐ目《め》の前《まえ》に真田《さなだ》くんがいるのに、私《わたし》につかまってどうするの！

「如月《きさらぎ》、大丈夫《だいじょうぶ》か？　こわいの苦手《にがて》なのか？」

すると真田《さなだ》くんが、いつもと変《か》わらぬ表情《ひょうじょう》でふりむき、平然《へいぜん》と雫《しずく》に聞《き》く。

ほら、真田《さなだ》くんも気《き》にかけてくれてるよ？　これは、密着《みっちゃく》できる状況《じょうきょう》！

「う、うん……ひゃっ！」

雫《しずく》はおばけが登場《とうじょう》するたびに、こわがってふるえあがり、なぜか私《わたし》の袖《そで》をつまんできた。

「ご、ごめんね、仁菜《にな》ちゃん……。やっぱり私《わたし》、仁菜《にな》ちゃんとくっついてるのが、なんだかいちばん落《お》ちつくみたい……」

雫《しずく》は大《おお》きな瞳《ひとみ》をうるませながら、私《わたし》に寄《よ》り添《そ》う。

あまりにかわいすぎる！　雫《しずく》は私《わたし》が必《かなら》ず守《まも》ってみせる！

……じゃなくて！　せっかく真田《さなだ》くんとくっつけるチャンスなのに。もう、雫《しずく》ってば〜〜！


私《わたし》はその後《ご》も、ひたすらに神永《かみなが》くんをさそいつづけた。

神永《かみなが》くん、不自然《ふしぜん》に思《おも》っていないといいけどね……。

「神永《かみなが》くん、いっしょに……」

コーヒーカップで、私《わたし》がまたもや神永《かみなが》くんに視線《しせん》をむけようとすると。

「豊崎《とよさき》、俺《おれ》とのろう」

視界《しかい》をさえぎって、真田《さなだ》くんが間《あいだ》に割《わ》りこんできた。

「え、っと……。どうして、私《わたし》？」

「どうして、って。今日《きょう》、俺《おれ》と豊崎《とよさき》の組《く》み合《あ》わせ、ぜんぜんなかっただろ」

真田《さなだ》くんの言《い》うとおり。今日《きょう》これまで、私《わたし》は、神永《かみなが》くんか雫《しずく》としかのっていない。

でも、雫《しずく》が……。ためらって、返答《へんとう》につまっていると。

「そうしよっか。如月《きさらぎ》さん、行《い》こう」

神永《かみなが》くんはスマートに雫《しずく》をエスコートして、いっしょにカップにのりこんだ。

まあ、ですよね……。今回《こんかい》くらいは真田《さなだ》くんとのるのが自然《しぜん》かもしれない。

こうして、私《わたし》は真田《さなだ》くんと、今日《きょう》はじめてのふたりになった。

「……」

コーヒーカップが動《うご》きだしても、無言《むごん》でいる私《わたし》に対《たい》して……。

――グルグルグルグルグルグル。

真田《さなだ》くんは、思《おも》いっきりハンドルをまわした。

「ちょっと、なに？　そんなにまわさなくたって！」

「いいだろべつに。コーヒーカップで本気《ほんき》でまわさないとか、ありえない」

「目《め》まわるよ。無理《むり》っ！　ひゃ――っ」

目《め》まぐるしく回転《かいてん》する世界《せかい》。線《せん》のように流《なが》れる景色《けしき》に、私《わたし》はたまらず声《こえ》をあげた。

真田《さなだ》くん、クールで無表情《むひょうじょう》なくせに、全力《ぜんりょく》でまわすのおもしろすぎる！

私《わたし》もいっしょになってハンドルを持《も》ち、できる限《かぎ》りたくさん回転《かいてん》させた。

「おりたとき、きっとすげえ目《め》まわってるだろうな」

「それは、自分《じぶん》もじゃん！」

「俺《おれ》、なんか目《め》まわらないいんだよな」

「なにその特殊能力《とくしゅのうりょく》！　ずるい！」

「でも豊崎《とよさき》だって、おばけ屋敷《やしき》で、全《まった》くおどろかない能力《のうりょく》もってるだろ」

そ、それは……。雫《しずく》と真田《さなだ》くんが気《き》になっちゃって、うわの空《そら》だっただけだけど……。

そんなこと到底言《とうていい》えないから、強《つよ》がるしかない。

「あんなの、びっくりしないよ。こわくないもん」

「こわくなくても、おどろきはするだろ」

「えぇー？　ポーカーフェイスの真田《さなだ》くんでも、おどろくことってあるの？」

「あたりまえだ。おどろかない人間《にんげん》なんていねえ」

ぐるぐるとまわるコーヒーカップのなかで、私《わたし》と真田《さなだ》くんは、以前《いぜん》のようなくだらない会話《かいわ》をしつづける。ずっと、ふたりで笑《わら》いつづけた。

こんなにあっという間《ま》におわるアトラクションは、はじめてだった。

楽《たの》しいな……。真田《さなだ》くんと話《はな》してると、うっかり素《す》の自分《じぶん》になっちゃう。

浮《う》かれるな、仁菜《にな》！　真田《さなだ》くんのことは、なにがあっても好《す》きになっちゃいけないのに。

雫《しずく》の好《す》きな人《ひと》だから、私《わたし》はドキドキすることすら許《ゆる》されないんだよ……。

自分《じぶん》の気持《きも》ちも、このコーヒーカップのように目《め》まぐるしく渦巻《うずま》いて、混乱《こんらん》してしまう。

コーヒーカップからおりたところで。

「ジェットコースターにのりたい」と真田《さなだ》くんが言《い》いだした。

「雫《しずく》……平気《へいき》？」

ひそひそと耳《みみ》もとで心配《しんぱい》する私《わたし》に、雫《しずく》は苦《にが》い表情《ひょうじょう》をする。

「うーん、こわいかも……。わたし、下《した》で見《み》てるよ。三人《にん》でのってきて？」

「俺《おれ》もあんまり得意《とくい》じゃないから、下《した》で如月《きさらぎ》さんと待《ま》ってるね」

「神永《かみなが》くんも？　ありがとう……」

神永《かみなが》くんも雫《しずく》のとなりにならんで、私《わたし》たちにむけて手《て》をふってくる。

……もしかして神永《かみなが》くん、雫《しずく》に合《あ》わせてあげたのかな？

私《わたし》も、真田《さなだ》くんとふたりになっちゃうなら、のらなくても……。

そう思《おも》って、ぱっと顔《かお》を見上《みあ》げたところで。

「豊崎《とよさき》は、絶叫系《ぜっきょうけい》のれるか？」

真田《さなだ》くんが淡々《たんたん》と聞《き》いてきたので、私《わたし》は目《め》を見開《みひら》きながら答《こた》えた。

「のれるけど……」

「じゃあ行《い》こう。あれだけはぜったいにのりたかったんだ」

ええっ、のるの？

真田《さなだ》くん、実《じつ》は絶叫好《ぜっきょうず》き!?　ホント、なにを考《かんが》えているのかよめない！


ジェットコースター乗《の》り場《ば》につくと、絶叫《ぜっきょう》マシンは人気《にんき》らしく、待《ま》ちの列《れつ》ができていた。

ふたりきりの時間《じかん》、順番《じゅんばん》が来《く》るまでは真田《さなだ》くんと話《はな》すしかない。

「最近《さいきん》、部活《ぶかつ》はどうだ？　この前《まえ》、自己《じこ》ベスト更新《こうしん》したって言《い》ってたよな」

「うん、真田《さなだ》くんのおかげでうまくいってるよ！」

「俺《おれ》のおかげ？」

「そう。『がんばってることに失敗《しっぱい》はつきもの』って、言《い》ってくれたでしょ？　今《いま》も大事《だいじ》にしてる言葉《ことば》なんだよ。それを思《おも》いだして、リラックスできたの」

「おおげさだな」

真田《さなだ》くんはすこしとまどいながら、苦笑《にがわら》いをする。

本当《ほんとう》なのに……！　真田《さなだ》くんががんばってる姿《すがた》を見《み》て、やる気《き》をもらってるのに。

その気持《きも》ちが伝《つた》わらないことがちょっぴりもどかしくて、私《わたし》は前《まえ》のめりになりながら声《こえ》のトーンをあげた。

「おおげさなんかじゃないよ！　真田《さなだ》くんは私《わたし》にとって、いつも勇気《ゆうき》をくれる存在《そんざい》なの。本当《ほんとう》にありがとう！」

「い、いや、……うれしいけど。ありがとな」

な、なに？　いつものクールな表情《ひょうじょう》じゃなくない？

ちょっと不思議《ふしぎ》に思《おも》って首《くび》をかしげながらも、私《わたし》は真田《さなだ》くんに問《と》いかけた。

「真田《さなだ》くんは、どうしてそんなに強《つよ》くいられるの？　サッカーに対《たい》しての姿勢《しせい》がぶれなくて、すごいなっていつも思《おも》うんだ」

ずっと疑問《ぎもん》だったの。

そこまで芯《しん》を持《も》って打《う》ち込《こ》めるのには、なにか理《り》由《ゆう》があるのかな、って……。

「……そうだな」

すこし懐《なつ》かしそうに、でも切《せつ》なく瞳《ひとみ》を揺《ゆ》らしたように見《み》える真《さな》田《だ》くん。

「……俺《おれ》の父《とう》さん、プロサッカー選《せん》手《しゅ》だったんだけど、小《しょう》四のときに病《びょう》気《き》で亡《な》くなったんだ。父《とう》さんの夢《ゆめ》をひき継《つ》ぎたくて、努《ど》力《りょく》を惜《お》しまないようにしてる」

すごく衝《しょう》撃《げき》を受《う》けた。真《さな》田《だ》くんの強《つよ》さの裏《うら》には、そんなつらい過《か》去《こ》があったなんて。

ぜんぜんわからなかった。……私《わたし》には想《そう》像《ぞう》もできない、深《ふか》い悲《かな》しみをかかえていたんだね。

「でもう、俺《おれ》は前《まえ》をむいてるから。そんな顔《かお》するなよ」

真《さな》田《だ》くんは力《ちから》づよい眼《まな》差《ざ》しで、やさしく笑《え》みを浮《う》かべる。

その晴《は》れ晴《ば》れした表《ひょう》情《じょう》から、悲《かな》しみをのりこえたことが伝《つた》わってきて、私《わたし》は笑《え》顔《がお》でうなずいた。

「話《はな》してくれてありがとう。お父《とう》さん、きっとうれしいだろうなって思《おも》ったよ！」

真《さな》田《だ》くん本《ほん》人《にん》が、前《まえ》をむいてがんばってるんだもん。私《わたし》は、それを応《おう》援《えん》するのみだよね！

「こういう話《はなし》、あんまりしないけど。なんか豊《とよ》崎《さき》には話《はな》せ……」

真《さな》田《だ》くんが、なにかを言《い》いかけたときだった。

「……ちょっと、まって……！」

「雫《しずく》……!?」

雫《しずく》が息《いき》をきらしながら、待機列《たいきれつ》に走《はし》ってやってきた。その後《うし》ろを神永《かみなが》くんが追《お》ってくる。

どうしたんだろう？

「**やっぱり、わたしものってみたい……！**」

雫《しずく》は肩《かた》を上下《じょうげ》させながら、ジェットコースターを見上《みあ》げた。

まさか、のるつもりなの……!?

でも、その手《て》は小刻《こきざ》みにふるえている。

なんか、おかしい。あんなにこわがってた雫《しずく》が、急《きゅう》にのりたくなるわけがないもん。

怪《あや》しんだ私《わたし》は、こそっと雫《しずく》に「大丈夫《だいじょうぶ》？　どうして急《きゅう》に？」と耳打《みみう》ちすると。

「神永《かみなが》くんがでる恋愛《れんあい》ドラマね、原作《げんさく》の小説《しょうせつ》を読《よ》んだことがあるんだけど……。ジェットコースターで主人公《しゅじんこう》との距離《きょり》が縮《ちぢ》まる、大事《だいじ》なシーンがあることを思《おも》いだしたの。それなのに、わたしのせいで見《み》てるだけなんて、と思《おも》って……。これ、ふたりには内緒《ないしょ》にしてね」

そういうことだったんだ……。

雫《しずく》って、本当《ほんとう》にまわりへの思《おも》いやりに溢《あふ》れている子《こ》だ。

自分《じぶん》はこわくてたまらないのに、神永《かみなが》くんの役作《やくづく》りを考《かんが》えて、のろうって言《い》いだすなんて……。

女優《じょゆう》になりたいからこそ、ここで勇気《ゆうき》ださなきゃって思《おも》ったりもしたのかな。

無理《むり》はしてほしくない。けれど、雫《しずく》の芯《しん》の強《つよ》さを感《かん》じて、私《わたし》は止《と》めることができなかった。

「のりおわったら、ゆっくりしようね」

とだけ伝《つた》えて、私《わたし》たちは四人《よにん》でジェットコースターにのることにした。

12 みんなでランチタイム

ジェットコースターからおりて、私《わたし》は雫《しずく》のようすをうかがった。

雫《しずく》は一見《いっけん》笑《わら》っているけど、その笑顔《えがお》は無理《むり》につくられたもののようにも見《み》える。

絶叫系《ぜっきょうけい》、やっぱり苦手《にがて》だったよね……。

私《わたし》は雫《しずく》のようすを見《み》かねて、近《ちか》くにあった屋外《おくがい》のフードコートを指《ゆび》さした。

「そろそろおなかすかない？　お昼《ひる》ごはん食《た》べようよ！」

フードコートには、色《いろ》とりどりのパラソルつきのテーブル席《せき》が立《た》ちならぶ。

席《せき》をとりかこむように、いいにおいがただようワゴン車《しゃ》がたくさんあって、私《わたし》たちはそれぞれ好《す》きなものを注文《ちゅうもん》した。

私《わたし》は大盛《おおも》りのカレーライスと、フライドポテト！　どっちも、大好物《だいこうぶつ》なんだよね！

「豊崎《とよさき》、よく食《た》べるな」

醤油《しょうゆ》ラーメンをすすりながら、真田《さなだ》くんが笑《え》みをこぼす。

「好《す》きなんだから、いいでしょ！　真田《さなだ》くんだって、チャーハンも食《た》べてるじゃん」

「しかたないだろ。好《す》きなんだから」

私《わたし》の言葉《ことば》を繰《く》りかえす真田《さなだ》くんに、ちょっとうれしくなった。

そんななかで、神永《かみなが》くんが雫《しずく》のほうを見《み》て、目《め》を丸《まる》くした。

「如月《きさらぎ》さんは、体《からだ》によさそうなの選《えら》んでるんだね」

雫《しずく》は、ワゴンで販売《はんばい》されている、野菜《やさい》がもりもりのったサラダを食《た》べていた。

「そうなの……。本当《ほんとう》はハンバーガーとか食《た》べたかったんだけど……」

「なんで、選《えら》ばなかったの？」

「わたし……芸能事務所《げいのうじむしょ》に入《はい》ることにして……。女優《じょゆう》を目指《めざ》すために、食事面《しょくじめん》を気《き》にしないと、って」

「芸能事務所《げいのうじむしょ》か。応援《おうえん》してるよ。ドラマとかでいつか共演《きょうえん》できたらいいな」

芸能関係《げいのうかんけい》で接点《せってん》ができて、神永《かみなが》くんは仲間意識《なかまいしき》が芽生《めば》えたのか、心《こころ》なしかうれしそうだ。

「この前言《まえい》ってたやつか。挑戦《ちょうせん》することにしたんだな」

感心《かんしん》する神永《かみなが》くんと真田《さなだ》くんに、雫《しずく》は照《て》れくさそうにうつむきながら話《はな》す。

「実《じつ》は、部活《ぶかつ》やってる仁菜《にな》ちゃんに、刺激《しげき》もらったの。仁菜《にな》ちゃんが陸上部《りくじょうぶ》で努力《どりょく》する姿《すがた》を見《み》て、わたしもなにかに打《う》ちこんで、一生《いっしょう》けんめいになってみたいって思《おも》ったんだ……」

雫《しずく》、そんなふうに想《おも》ってくれてたんだ……。

私《わたし》の姿《すがた》が、雫《しずく》の背中《せなか》を押《お》せたんだと思《おも》うと、途端《とたん》に胸《むね》にじんわりと温《あたた》かさが広《ひろ》がっていく。

「がんばれよ、如月《きさらぎ》。……でも、今日《きょう》くらい好《す》きなもの食《た》べろよ」

雫《しずく》にやさしい目《め》をむける真田《さなだ》くんに、雫《しずく》はうれしそうにほほえみながらうなずいた。

真田《さなだ》くんに応援《おうえん》されて、心《こころ》から喜《よろこ》んでるのが伝《つた》わってくる。

雫《しずく》、真田《さなだ》くんと、もっと話《はな》したそうだな……。

「私《わたし》、水《みず》買《か》ってくるね」

「俺《おれ》も行《い》こうかな」

ごはんをかきこんで立《た》ちあがった私《わたし》につづいて、神永《かみなが》くんも席《せき》を立《た》った。

「神永《かみなが》くん。私《わたし》、めっちゃ楽《たの》しんじゃってるけど……。ちゃんとドラマの演技《えんぎ》に役立《やくだ》ちそう？」

自動販売機《じどうはんばいき》の前《まえ》で、私《わたし》はずっと気《き》がかりだったことを聞《き》いてみた。

「当然《とうぜん》だよ。ダブルデートを楽《たの》しむシーンだからね。俺《おれ》もすごく楽《たの》しくて、役作《やくづく》りにバッチリ活《い》かせそう」

「それならよかった！　ほかのふたりも楽《たの》しんでるかな」

「朝陽《あさひ》は表情《ひょうじょう》にでないけど、俺《おれ》から見《み》たらすごく楽《たの》しんでるよ、あいつ」

真田《さなだ》くん、たしかに感情《かんじょう》が表《おもて》にあらわれにくいタイプだけど、神永《かみなが》くんがそう言《い》うなら安心《あんしん》。

「如月《きさらぎ》さんも、さっきジェットコースターの下《した》で、仁菜《にな》ちゃんが楽《たの》しそうにしてると、わたしも楽《たの》しい、って言《い》ってたよ」

神永《かみなが》くんの言葉《ことば》にじんとする。雫《しずく》、私《わたし》がいないとろで、そんなことを言《い》ってくれてたんだ……。

「ジェットコースターにのるってなる前《まえ》に、如月《きさらぎ》さんにドラマの話《はなし》をしたんだ。そしたら、すごく興味津々《きょうみしんしん》に聞《き》いてくれて。女優《じょゆう》を目指《めざ》すからだったんだね」

「そうなの！　雫《しずく》が新《あたら》しいことにチャレンジするの、自分《じぶん》のことみたいにうれしいよ」

「如月《きさらぎ》さん、本当《ほんとう》はこわかったと思《おも》うのに、急《きゅう》にジェットコースターにのりたい、って言《い》いだして。たぶん、俺《おれ》のためだなって気《き》づいてさ。やさしくて、強《つよ》い子《こ》なんだなって感激《かんげき》した」

「うん、そうだけど……、大丈夫《だいじょうぶ》？　神永《かみなが》くん、顔《かお》、赤《あか》いよ？」

「えっ、本当《ほんとう》？」

私《わたし》は首《くび》をかしげながら、何度《なんど》もまばたきをして、神永《かみなが》くんの赤《あか》い頬《ほお》を見《み》つめる。

さらっと話《はな》していながらも、神永《かみなが》くんの顔《かお》は、どこからどう見《み》ても赤《あか》らんでいた。

「……お、俺《おれ》、お手洗《てあら》いに行《い》ってくるから、先《さき》にもどってて」

私《わたし》はうなずいて、自分《じぶん》と雫《しずく》の分《ぶん》のペットボトルを持《も》って、ベンチにもどった。

神永《かみなが》くんって、さわやかな表情《ひょうじょう》をくずさないイメージがあったけど。あんなに赤《あか》くなって動揺《どうよう》したりするんだ。ギャップがすごいし、なんか、ちょっとかわいかったな。

神永《かみなが》くんって、もしかして、雫《しずく》のこと……。と、勝手《かって》な憶測《おくそく》が浮《う》かんできた。

雫《しずく》は、よくなったかな？　休《やす》んで、すこしは落《お》ちついてるといいけど……。

いろいろなことを考《かんが》えながら、テーブルが見《み》えてきたとき。

「……っ」

私《わたし》は思《おも》わず、その場《ば》に立《た》ちどまってしまった。

「如月《きさらぎ》。やっぱり、無理《むり》しただろ？　まだ顔色《かおいろ》、わるい」

そんな真田《さなだ》くんの声《こえ》が聞《き》こえるのと、ほぼ同時《どうじ》に。

――ぼとっ。ペットボトルが手《て》から滑《すべ》りおちて、地面《じめん》に転《ころ》がる。

「みんなに申《もう》し訳《わけ》ないし、すぐ元気《げんき》になるから、大丈夫《だいじょうぶ》だよ」

「そんなこと気《き》にすんなよ。好《す》きなだけ、休《やす》んでていいから」
さらにそう付《つ》けくわえて、雫《しずく》に半《なか》ば強引《ごういん》に肩《かた》を貸《か》す瞬間《しゅんかん》を、見《み》てしまったんだ。
雫《しずく》は赤《あか》い顔《かお》で、真田《さなだ》くんにそっともたれかかっている。
ふたりの距離《きょり》はかつてないほど近《ちか》くて、おたがいの息《いき》の音《おと》も聞《き》こえてしまいそう。
胸《むね》が痛《いた》い……。苦《くる》しいよ……。
足《あし》がすくんで、前《まえ》に進《すす》んでくれない。
なんで？　雫《しずく》が真田《さなだ》くんと近《ちか》づいて、親友《しんゆう》として、こんなに喜《よろこ》ばしいことはないのに。
私《わたし》は切《せつ》ない想《おも》いを必死《ひっし》にかきけして、ペットボトルを拾《ひろ》いあげた。

13 運命《うんめい》の観覧車《かんらんしゃ》のあとで

すっかり空《そら》は暗《くら》くなり、閉園時間《へいえんじかん》も近《ちか》づいてきた。

澄《す》みわたった夜空《よぞら》のもとで、遊園地《ゆうえんち》はライトアップされて、色《いろ》とりどりのイルミネーションがかがやいている。昼間《ひるま》とはちがう、ロマンチックな雰囲気《ふんいき》がただよっていた。

「観覧車《かんらんしゃ》にのったら、帰《かえ》ろうか」

神永《かみなが》くんが、中央《ちゅうおう》の大観覧車《だいかんらんしゃ》を指《ゆび》さした。

なんとなくみんな避《さ》けていた観覧車《かんらんしゃ》、最後《さいご》にのろう、ってなるよね。

「……」

夜《よる》に近《ちか》づくにつれて、なぜか切《せつ》ない気持《きも》ちが増《ま》すばかりだった。

真田《さなだ》くんの気持《きも》ちが、雫《しずく》にあるのかな、って思《おも》うと……。

つらくなる資格《しかく》なんてないのに、泣《な》きそうになる。

大《おお》きな観覧車《かんらんしゃ》の下《した》につくと、雫《しずく》が看板《かんばん》の表示《ひょうじ》を見《み》て言《い》う。

「これ、四人《よにん》でのれるね。みんなでのる……？」

そっか、観覧車《かんらんしゃ》のゴンドラは四人《よにん》でものれちゃうんだ。

でも、真田《さなだ》くんといっしょになったら気《き》まずいな……。

不安《ふあん》がっていると、神永《かみなが》くんが意《い》を決《けっ》したように声《こえ》をだした。

「……あのさ！　グーとパーで、ふたりずつに組《く》み合《あ》わせ決《き》めない？」

グーとパー……？

一瞬《いっしゅん》はてなマークが浮《う》かんだけど、私《わたし》はすこしピンときてしまった。

神永《かみなが》くん、もしかして、雫《しずく》とのりたかったりするのかも……。

「そうしようか！」

「うん、わたしもいいよ」

真田《さなだ》くんも小《ちい》さくうなずく。

あっ、そうか。なにも深《ふか》く考《かんが》えずに、いいよって言《い》っちゃったけど……。

私《わたし》、真田《さなだ》くんとふたり組《ぐみ》になっちゃう可能性《かのうせい》もあるんだ。

「じゃあ、いくよ。……グーとパーでわかれましょ！」

お願《ねが》い、雫《しずく》か神永《かみなが》くんと、ペアになりますように……！

私《わたし》は神頼《かみだの》みをして、ぎゅっと握《にぎ》った手《て》を前《まえ》につきだした。

どうなる……!?

「あ……一回《いっかい》できまったね」

私《わたし》はおそるおそる、みんなのだした手《て》を見《み》まわす。

私《わたし》はグー、真田《さなだ》くんもグー、雫《しずく》はパー、神永《かみなが》くんもパー。

……ってことは、つまり……。

「私《わたし》、真田《さなだ》くんと……」

ウソでしょ……！　こんな状況《じょうきょう》で、そんな！

観覧車《かんらんしゃ》なんて、ふたりきりの密室《みっしつ》だし、甘《あま》い雰囲気《ふんいき》になれる、またとない機会《きかい》なのに。

雫《しずく》じゃなくて、私《わたし》が真田《さなだ》くんとペアになっちゃうなんて。おわった……。

やりなおそう、と言《い》いたかったところだけど、今《いま》からやりなおしなんて卑怯《ひきょう》だ。

「じゃあ、この組《く》み合《あ》わせでのろうか」

神永《かみなが》くんが雫《しずく》のとなりに移動《いどう》した。

真田《さなだ》くんの顔《かお》をちらっとうかがうと、無表情《むひょうじょう》でなにを考《かんが》えているかわからなかった。

もしかしたら、雫《しずく》といっしょになりたかった、って思《おも》ってるのかもしれないな……。

一方《いっぽう》の雫《しずく》は、複雑《ふくざつ》な表情《ひょうじょう》を浮《う》かべていた。

そりゃ、そうだよね。好《す》きな人《ひと》と観覧車《かんらんしゃ》でバラバラなんて……。

真田《さなだ》くんとペアになりたかったはずだし。

観覧車《かんらんしゃ》、どうなっちゃうんだろう？


あっという間《ま》に順番《じゅんばん》がまわってきて、私《わたし》と真田《さなだ》くんは、同《おな》じゴンドラにのりこんだ。


「……」

「……」

私《わたし》も真田《さなだ》くんも、一言《ひとこと》も発《はっ》さない。

うう……気《き》まずい。こんな狭《せま》い空間《くうかん》に、無言《むごん》でふたりきりなんて。

むかいあって座《すわ》っている真田《さなだ》くんの顔《かお》を、直視《ちょくし》することができなかった。

この観覧車《かんらんしゃ》は大《おお》きいから、一周《いっしゅう》するのに十五分《ふん》以上《いじょう》かかる。

この息《いき》がつまるような時間《じかん》がずっと続《つづ》くのは、心臓《しんぞう》に悪《わる》いけど……。

……よしっ。なにか話《はな》さなくちゃ！

「……き、今日《きょう》、楽《たの》しかったね！」

「……今日《きょう》、楽《たの》しかったな」

「「あ……！」」

意《い》を決《けっ》して話《はな》しだすと、真田《さなだ》くんと声《こえ》が重《かさ》なってしまった。

かぶっちゃった！　なんていうタイミング！　真田《さなだ》くんと顔《かお》を見合《みあ》わせて笑《わら》う。

「また来《こ》られたらいいよね！」

「今度《こんど》は、航《わたる》とか春輝《はるき》もさそうか」

「それいいね！　……南波《なんば》くんは余計《よけい》だけどさ！」

真田《さなだ》くんとも、また来《こ》られたら……そんな気持《きも》ちが湧《わ》くのと同時《どうじ》に、雫《しずく》のことが頭《あたま》をよぎった。

ごめん、雫《しずく》。私《わたし》、真田《さなだ》くんと距離《きょり》をおくのは、どうしてもむずかしいみたい。

だから真田《さなだ》くんとは、友《とも》だちとして仲《なか》よくしよう。それなら雫《しずく》も、ゆるしてくれるよね？

恋愛《れんあい》じゃなくて、あくまで友情《ゆうじょう》。ただの友《とも》だち同士《どうし》っていう関係《かんけい》。

ドキドキとかキュンキュンとか、そういうときめきは、一切《いっさい》なしの――。

「……豊崎《とよさき》、わるい」

――そのときだった。

「へ……？」

真田《さなだ》くんは、私《わたし》のとなりに移動《いどう》すると、私《わたし》の手《て》を不意《ふい》につかんできた。

ぎゅっとつかまれた手《て》の体温《たいおん》に、一気《いっき》に鼓動《こどう》が早《はや》くなる。

ちょ、ちょっと、真田《さなだ》くん……？　どういう、こと!?

「さな、だくん……？」

「……俺《おれ》、実《じつ》は、高《たか》いところが苦手《にがて》なんだ。ゆっくりな動《うご》きがだめで……」

とまどいがかくしきれない私《わたし》に、真田《さなだ》くんが小《ちい》さくつぶやく。

高《たか》いところ、苦手《にがて》だったの……？　ジェットコースターは大丈夫《だいじょうぶ》だったのに！

「だから、観覧車《かんらんしゃ》が低《ひく》いところに来《く》るまで、こうさせてくれないか」

真田《さなだ》くんは顔色《かおいろ》がわるくなっていて、外《そと》を見《み》ないように下《した》をむいている。

「……わ、わかった」

高所恐怖症《こうしょきょうふしょう》なら、しかたない。

雫《しずく》に見《み》られたら、誤解《ごかい》されそうだけど……。

触《ふ》れあっている手《て》が熱《あつ》くなってきて、胸《むね》の中《なか》がバクバクとなりひびく。

もう、どうして、こんなことに……。心臓《しんぞう》、うるさい！

だけどこれは、高《たか》いところがこわい真田《さなだ》くんのためであって、意識《いしき》するようなことじゃない！

真田《さなだ》くんは友《とも》だち、真田《さなだ》くんは友《とも》だち……。

必死《ひっし》に言《い》い聞《き》かせる私《わたし》に、真田《さなだ》くんが本音《ほんね》をはきだすように、声《こえ》をだした。

「……ありがと。なんか落《お》ちつく……」

「……っ！」

手《て》から全身《ぜんしん》に熱《ねつ》が伝《つた》わってくるように、体《からだ》が熱《あつ》くなる。

なんで、そういうこと、言《い》うの……。

私《わたし》は、真田《さなだ》くんを好《す》きになっちゃいけないのに。

真田《さなだ》くんにドキドキして、ときめきを感《かん》じるたびに、雫《しずく》の顔《かお》が浮《う》かぶ。

幸《しあわ》せそうな雫《しずく》の笑顔《えがお》を思《おも》いだして、胸《むね》が押《お》しつぶされそうになるんだ。

一生《いっしょう》けんめい想《おも》いをたちきろうとして、真田《さなだ》くんへの気持《きも》ちをおさえつけて。

好《す》きなんて気《き》のせいだって、恋心《こいごころ》が芽生《めば》えたことなんて忘《わす》れようって、ふりきっているのに。

その努力《どりょく》は、一瞬《いっしゅん》でムダになってしまう。

真田《さなだ》くんに惹《ひ》かれていくスピードが、ぜんぶぜんぶ追《お》いこしていくんだ。

どんなにがんばってあきらめようとしたって、加速《かそく》していくドキドキと、降《ふ》りつもる想《おも》いが止《と》

まらなくて、ものすごく切《せつ》ない。

せめて観覧車《かんらんしゃ》がまわりおわるまで……。この気持《きも》ちは、大事《だいじ》に胸《むね》にしまっておこう。

下《した》についたら、今《いま》の出来事《できごと》は忘《わす》れるんだ。

ふと観覧車《かんらんしゃ》から見下《みお》ろした遊園地《ゆうえんち》の夜景《やけい》は、泣《な》きたくなるくらいきれいだった。


「じゃあ、また明日学校《あしたがっこう》でな」

「ふたりとも、今日《きょう》はありがとう」

電車《でんしゃ》から降《お》り、駅前《えきまえ》で真田《さなだ》くんと神永《かみなが》くんに手《て》をふって、別《わか》れを告《つ》げた。

私《わたし》と雫《しずく》は同《おな》じ方向《ほうこう》で、ふたりで暗《くら》い道《みち》を歩《ある》きはじめる。

いろいろあったけど、長《なが》いようであっというまの一日《いちにち》だったな。

「雫《しずく》、今日《きょう》は楽《たの》しかった？」

雫《しずく》も、遊園地《ゆうえんち》を楽《たの》しんでいたように見《み》えた。たくさん笑顔《えがお》が見《み》られたし。

真田《さなだ》くんとも、かなり仲《なか》よくなれたんじゃないのかな？

「……」

「雫《しずく》……？」

けれど雫《しずく》は、私《わたし》の問《と》いかけに、答《こた》えてくれることはなかった。

あれ……？　どうしたんだろう？

「……雫《しずく》、どうしたの？」

「……う、ううん。なんでもな……」

首《くび》をふるふるとふった雫《しずく》。その大《おお》きな瞳《ひとみ》から、ぽろっと涙《なみだ》が一粒《ひとつぶ》こぼれおちた。

えっ!?　泣《な》いてる……？

「ねえ、どうしたの？　なにがあったの？」

「……っ、なんでもないの」

「泣《な》いてるじゃん。雫《しずく》、なにかいやなこととか、あった？」

雫《しずく》の顔《かお》をのぞきこみながら、うったえかけるように聞《き》くと。

雫《しずく》はすこしだまってから、言葉《ことば》をしぼりだした。

「……仁菜《にな》ちゃんと真田《さなだ》くん、観覧車《かんらんしゃ》で、手《て》つないでたの、見《み》て……」

あ、あれ……見《み》られてたんだ！

私《わたし》は慌《あわ》てて雫《しずく》の腕《うで》をつかみ、大《おお》きな声《こえ》できっぱりと告《つ》げた。

「あれは、ちがうよ！　かんちがいだよ。真田《さなだ》くんが具合悪《ぐあいわる》くなりそうで、しかたな……」

「でもこの目《め》で見《み》たんだよ、わたし。かんちがいなんかじゃない……」

でも、雫《しずく》は聞《き》く耳《みみ》をもたない。つらそうに顔《かお》をゆがめたまま、黙《だま》りこんでいる。

そして……。

「……ごめんね。わたし、先《さき》に帰《かえ》るね……っ」

雫《しずく》は私《わたし》の手《て》を強《つよ》くふりほどいて、たっとかけだした。

「待《ま》っ……」

追《お》いかけたいのに、私《わたし》の足《あし》はびくともしなかった。

走《はし》りさった雫《しずく》の後《うし》ろ姿《すがた》が、どんどん小《ちい》さくなっていく。
私《わたし》は、本当《ほんとう》にさっきのことを、ぜんぶかんちがいだと言《い》いきれるの？
ウソいつわりなく、かくしてることはなにもないと、雫《しずく》に説明《せつめい》できるの？
そう自分《じぶん》にたずねたら、雫《しずく》を追《お》いかける資格《しかく》はないって、そう思《おも》った。
胸《むね》が張《は》りさけそうに痛《いた》い。雫《しずく》を傷《きず》つけてしまって、自分《じぶん》が最低《さいてい》でいやになる。
大好《だいす》きで大事《だいじ》な雫《しずく》を、泣《な》かせちゃった……。
なんてことをしちゃったんだろう……。私《わたし》は、親友失格《しんゆうしっかく》だ。

14 もう親友《しんゆう》に戻《もど》れないなんて

次《つぎ》の日《ひ》の朝《あさ》。

登校《とうこう》して真《ま》っ先《さき》に、雫《しずく》に話《はな》しかけようとした私《わたし》。

でも、雫《しずく》は始業時間《しぎょうじかん》ギリギリに教室《きょうしつ》に入《はい》ってきたから、話《はな》す時間《じかん》はなかった。

いつも早《はや》く来《き》て、私《わたし》とおしゃべりするのに……。

一時間目《じかんめ》の休《やす》み時間《じかん》に、私《わたし》はまっすぐ雫《しずく》の席《せき》に行《い》った。

「雫《しずく》、いっしょに理科室《りかしつ》……」

「……あ、わたし、ほかの友《とも》だちと行《い》くから……」

雫《しずく》は私《わたし》から目《め》をそらして、立《た》ちあがってしまったので、私《わたし》は慌《あわ》ててひきとめた。

「昨日《きのう》のことなら、本当《ほんとう》にごめん。あれは、ちがうんだよ」

「……うん……」

雫《しずく》は伏《ふ》し目《め》がちに、小《ちい》さくうなずいた。

「だから、私《わたし》の話《はなし》聞《き》い……」

「けど、ごめんね。今《いま》は仁菜《にな》ちゃんと話《はな》せない……」

ガンッ、とハンマーで殴《なぐ》られたようなショックを覚《おぼ》える。

う、ウソ……！　雫《しずく》、私《わたし》のこと、嫌《きら》いになっちゃったの……？

そそくさと私《わたし》のもとをはなれ、教室《きょうしつ》をでていってしまう雫《しずく》。

ぜったいにいやだ！　そんなの、耐《た》えられないよ……っ。

雫《しずく》の後《うし》ろ姿《すがた》を目《め》で追《お》いながら、私《わたし》は今《いま》にも泣《な》きだしてしまいそうになった。


「雫《しずく》……」

「……私《わたし》、図書室《としょしつ》行《い》ってくる」

それから一日《いちにち》、雫《しずく》は私《わたし》のことを避《さ》けつづけた。

「お弁当《べんとう》、いっしょに食《た》べ……」

「ほかのクラスの子《こ》と食《た》べるから……」

雫《しずく》は、ひとりで教室《きょうしつ》からでたり、早《はや》くいなくなってしまったり、私《わたし》とできるだけ接触《せっしょく》しないように行動《こうどう》している。

もう、朝《あさ》からぜんぜん話《はな》そうとしてくれない……。

私《わたし》の心《こころ》はズタボロで、こんなにつらい思《おも》いをする一日《いちにち》は、はじめてだった。

ほかのクラスの友《とも》だち、たぶんいないし……。

ひとりになってまで、私《わたし》と過《す》ごしたくないってことなんだ。

……雫《しずく》は、私《わたし》と親友《しんゆう》じゃなくなっても、もう二度《にど》と話《はな》さなくても、いいのかな。

そう考《かんが》えたら、かつてないほどの苦《くる》しみがおそってくる。

私《わたし》は、無理《むり》だよ。雫《しずく》のいない毎日《まいにち》なんて……。

──キーンコーンカーンコーン。

放課後《ほうかご》を告《つ》げるチャイムがなりわたり、私《わたし》は最後《さいご》の勇気《ゆうき》をふりしぼって、雫《しずく》に声《こえ》をかけた。

「雫《しずく》！　お願《ねが》い、話《はなし》を聞《き》いて……！」

昇降口《しょうこうぐち》で、足早《あしばや》に下校《げこう》しようとしていた雫《しずく》を呼《よ》びとめた。

誤解《ごかい》が解《と》ければ、雫《しずく》と元通《もとどお》りになれるかもしれないから……！

「……なに？」

ふりかえった雫《しずく》に、私《わたし》はひるまず言葉《ことば》をつづけた。

「遊園地《ゆうえんち》でのことは、真田《さなだ》くんが高所恐怖症《こうしょきょうふしょう》だったから、ああするしかなかっただけなの」

「……そっか」

「でも、雫《しずく》にいやな思《おも》いさせて、本当《ほんとう》にごめんね。雫《しずく》を傷《きず》つけちゃったことは、たしかだから……謝《あやま》らせてほしい」

「……本当《ほんとう》に、それだけ……？」

え……っ？

はっとして顔《かお》をあげれば、雫《しずく》はしぼりだすような声《こえ》で聞《き》いてきた。

「仁菜《にな》ちゃん。なにかかくしてること、ない……？　もしあるなら、ちゃんと言《い》ってほしかった……」

「……っ」

雫《しずく》の言葉《ことば》が、重《おも》い鉛《なまり》のようにのしかかってくる。

思《おも》わぬ方向《ほうこう》からの本音《ほんね》に、私《わたし》はかえす言葉《ことば》を失《うしな》ってしまった。

雫《しずく》はそんなわたしを見《み》て、「……行《い》くね」と背《せ》をむけてしまった。

「……ごめん……」

私《わたし》は遠《とお》ざかる雫《しずく》の背中《せなか》に、ひとりぽつりとつぶやいた。

もちろん、私《わたし》の声《こえ》は雫《しずく》に届《とど》くわけがないんだけど。

雫《しずく》は今《いま》まで、私《わたし》の態度《たいど》を見《み》て、ずっとどう感《かん》じていたんだろう。

思《おも》いかえせば、私《わたし》と真田《さなだ》くんが盛《も》りあがっているときの雫《しずく》は、いつも切《せつ》なそうだった。

その理由《りゆう》は、雫《しずく》が真田《さなだ》くんに恋《こい》をしてるからだと思《おも》っていた。

けど、それは正《ただ》しいようで正《ただ》しくなくて。

きっと、……相手《あいて》が私《わたし》だから。私《わたし》の反応《はんのう》や言動《げんどう》にも、傷《きず》つく部分《ぶぶん》があったんだ。

ごめんね、雫《しずく》……。大切《たいせつ》な親友《しんゆう》の感情《かんじょう》を察《さっ》することができなくて、申《もう》し訳《わけ》なさと自分《じぶん》を責《せ》める気持《きも》ちでいっぱいになる。

私《わたし》は、どうするのが正解《せいかい》なんだろう？

雫《しずく》と親友《しんゆう》にもどるには、なにをしたらいいんだろう？

ごめんね、もう真田《さなだ》くんと仲《なか》よくしない、って伝《つた》えるべき？

それとも、真田《さなだ》くんなんて好《す》きにならないから安心《あんしん》して、って伝《つた》えるべき？

それがいちばん、雫《しずく》の喜《よろこ》ぶことなのかな？

……なんだか、どれもちがう気《き》がする。

私《わたし》は、罪悪感《ざいあくかん》と深《ふか》い悲《かな》しみのはざまで、ひたすらに思《おも》いなやんでいた。

次《つぎ》の日《ひ》も、雫《しずく》との関係《かんけい》は変《か》わらなかった。

雫《しずく》はお弁当《べんとう》の時間《じかん》になると、すぐに教室《きょうしつ》をでていってしまう。

「あっれー？　お前《まえ》、ひとり？」

「……そうですけど、なにか？」

こんなときにからんできたのは、いじわるな南波《なんば》くん。

いつもならすぐに言《い》いかえせるけど、今《いま》はそんな気力《きりょく》もない。

「如月《きさらぎ》さんについに嫌《きら》われたか〜？　親友親友《しんゆうしんゆう》ってベタベタしてたくせにさ。もろい友情《ゆうじょう》だったのかよ」

南波《なんば》くんは嫌《いや》みったらしくバカにしてくる。

普段《ふだん》なら跳《は》ねかえせるようなからかいも、今《いま》の私《わたし》は相当《そうとう》ダメージをくらってしまう。

南波《なんば》くん相手《あいて》にくやしいけど、本当《ほんとう》にそれくらい精神的《せいしんてき》にきつい。

「……そうかもね」

「！　な、なんだよ。そんな顔《かお》して。らしくねえじゃん」

私《わたし》のいつもとちがうようすに気《き》づいた南波《なんば》くんが、うろたえはじめた。

なんなの、急《きゅう》に動揺《どうよう》しちゃって……。私《わたし》が言《い》いかえさないからって、今《いま》さら慌《あわ》ててもおそいし。

「……豊崎《とよさき》は、笑《わら》ってる顔《かお》がいいぜ」

「はっ？」

とつぜん聞《き》こえてきたセリフに、私《わたし》は思《おも》わず南波《なんば》くんを見《み》つめた。

「お前《まえ》が元気《げんき》じゃないと、俺《おれ》も張《は》り合《あ》いでねえんだよ。……だから、しっかりしろよな」

コツン、と頭《あたま》をこづいて、南波《なんば》くんはいなくなってしまった。

……南波《なんば》くんなりに、励《はげ》まそうとしてくれたのかな。なんか、ムカつくけど。

雫《しずく》……。今《いま》、どこでなにを考《かんが》えてる？

私《わたし》は変《か》わらず、苦《にが》い気持《きも》ちであふれているよ。毎日《まいにち》が灰色《はいいろ》で、雫《しずく》といっしょにいないだけで、こんなに一日《いちにち》がつまらなくてさみしいだなんて、思《おも》いもしなかった。


そして、雫《しずく》と過《す》ごさなくなって数日《すうじつ》――。

「そういえば、昨日《きのう》のドラマ見《み》たー？」

朝《あさ》、昇降口《しょうこうぐち》に、となりのクラスの女子《じょし》ふたりが、仲睦《なかむつ》まじそうに登校《とうこう》してきた。

上履《うわば》きに履《は》き替《か》えながら、流行《はや》りの恋愛《れんあい》ドラマの話《はなし》をしている。

「昨日《きのう》の五話《わ》は、やばかったよねー。親友《しんゆう》と好《す》きな人《ひと》かぶっちゃうとかさ」

ビクッと肩《かた》がふるえた。

「ヒロインのメグ、最低《さいてい》じゃない？　あとから言《い》うの、卑怯《ひきょう》でずるいじゃん。ムカつく〜」

「修羅場《しゅらば》だったね。友《とも》だちと同《おな》じ人《ひと》を好《す》きになったら、もう友情《ゆうじょう》は崩壊《ほうかい》だよね」

……っ。

まるで、私《わたし》のことを言《い》われているみたいだ。

自分《じぶん》が責《せ》められているように錯覚《さっかく》して、胸《むね》がドクドクといやな鼓動《こどう》をしはじめた。

……そうだよ。私《わたし》、最低《さいてい》って思《おも》われても、しかたがないんだ……。

雫《しずく》も、同《おな》じことを思《おも》っているかもしれないんだよ……。

重苦《おもくる》しい気持《きも》ちで教室《きょうしつ》に入《はい》ると、雫《しずく》が先《さき》に来《き》ていた。席《せき》について、本《ほん》を読《よ》んでいる。

あれ、雫《しずく》、今日《きょう》は早《はや》い。たしか、朝《あさ》の図書《としょ》カウンター当番《とうばん》だったっけ。

「……！」

そこで、私《わたし》は衝撃《しょうげき》を受《う》けた。

声《こえ》にならない声《こえ》が、私《わたし》の喉《のど》から漏《も》れる。

同時《どうじ》に、ぎゅっと心臓《しんぞう》をにぎりつぶされたような痛《いた》みが、はげしくおそいかかってきた。

雫《しずく》……。どうして……。

ついに雫《しずく》のペンケースからは、おそろいのキーホルダーが消《き》えていた。

15 冷《つめ》たい雨《あめ》とあふれる涙《なみだ》

おそろいのキーホルダーは、親友《しんゆう》の証《あかし》。
『……わ、わたしと友《とも》だちになってくれたら、うれしいな……』
私《わたし》と雫《しずく》が仲《なか》よくなったきっかけでもある、かけがえのない宝物《たからもの》。
雫《しずく》とはじめて話《はな》した日《ひ》のこと、ふたりでお出《で》かけした場所《ばしょ》、好《す》きなアニメの話《はなし》……。
これを見《み》てると雫《しずく》との思《おも》い出《で》がよみがえってきて、パワーがもらえるの。
「……さき」
だから……キーホルダーをはずしたら、友情《ゆうじょう》を捨《す》てたといってもいい。
私《わたし》はそれくらい、大事《だいじ》に想《おも》ってた。
でも、雫《しずく》のペンケースには、それはもうついていない。
それってつまり……雫《しずく》は、私《わたし》をもう、親友《しんゆう》と呼《よ》べなくなったってこと？

「……よさき」

私《わたし》は、雫《しずく》と親友《しんゆう》じゃなくなってしまうくらい、ひどいことをしたんだ。

雫《しずく》の恋《こい》を応援《おうえん》するって言《い》いながら、雫《しずく》を傷《きず》つけてしまった。

もう、消《き》えてなくなりたい。こんなことなら、真田《さなだ》くんとも出会《であ》わなければ……。

「……豊崎《とよさき》！」

「は、はいっ！」

数日後《すうじつご》の部活《ぶかつ》。私《わたし》は部長《ぶちょう》に大声《おおごえ》で名前《なまえ》を呼《よ》ばれて、われにかえる。

「ちょっと、最近《さいきん》ぼーっとしすぎだよ。もっと集中《しゅうちゅう》しないと」

厳《きび》しい口調《くちょう》で注意《ちゅうい》され、私《わたし》は「すみません……」とうつむいた。

「次《つぎ》の体幹《たいかん》メニュー、豊崎《とよさき》がタイム計《はか》る係《かかり》だから、よろしく」

「はい、わかりました！」

私《わたし》はタイマーを預《あず》かって、「体幹《たいかん》よーい、始《はじ》め！」と声《こえ》をかけた。

そのかけ声《ごえ》に合《あ》わせて、部員《ぶいん》のみんながトレーニングをスタートする。

今日《きょう》は、あいにくのお天気《てんき》。

体育館《たいいくかん》の窓《まど》の外《そと》では、どんよりとした曇《くも》り空《ぞら》から、しとしとと細《こま》かい雨《あめ》が降《ふ》りしきっている。

灰色《はいいろ》に覆《おお》われた空《そら》は、まるで暗《くら》くよどむ私《わたし》の心《こころ》みたいだ。

雫《しずく》と話《はな》したい。でも、それが叶《かな》うことはない。

だって、雫《しずく》はもう、私《わたし》のことを親友《しんゆう》だと思《おも》ってないから——。

「……ちょっと、長《なが》くない？」

そんな声《こえ》で、私《わたし》ははっとして現実《げんじつ》にもどってくる。

トレーニングの姿勢《しせい》をとったまま、険《けわ》しい表情《ひょうじょう》の部員《ぶいん》たちが、いっせいにこっちを見《み》ていた。

「す、すみません……！」

ど、どうしよう！　うわの空《そら》で、タイマーを押《お》し忘《わす》れてた……！

血《ち》の気《け》がひいて、たらりとつめたい汗《あせ》が額《ひたい》を伝《つた》って流《なが》れる。

私《わたし》のバカっ！　みんなに迷惑《めいわく》かけちゃうなんて……。

とりあえず謝《あやま》ることしかできなくて、何度《なんど》も繰《く》りかえし頭《あたま》をさげる私《わたし》に、

「本当《ほんとう》に、どうしたの？　……豊崎《とよさき》、今日《きょう》はもう帰《かえ》りなよ」

部長《ぶちょう》がきっぱりと言《い》いきった。

「……っく」

昇降口《しょうこうぐち》で、今《いま》までずっと我慢《がまん》してきた涙《なみだ》が、ひとすじこぼれた。

もう、私《わたし》ってば、なにやってんの……。雫《しずく》とすれちがって、部活《ぶかつ》でも迷惑《めいわく》をかけて……。

めったに泣《な》かない私《わたし》だけど、自分《じぶん》のふがいなさが、とことんいやになってくる。

傘《かさ》を忘《わす》れて、この雨《あめ》のなか帰《かえ》ることもできなくて。

人《ひと》かげのない昇降口《しょうこうぐち》のはじっこで、私《わたし》はひとりたたずんで、涙《なみだ》を流《なが》していると。

「……豊崎《とよさき》？」

不意《ふい》に、やさしく名前《なまえ》を呼《よ》ばれた。

「……泣《な》いてるのか？」

……どうしてなの。どうして、こういうときに限《かぎ》って、いつも……。

「真田《さなだ》くん……」

——私《わたし》の前《まえ》にあらわれるのは、真田《さなだ》くんなの？

「……泣《な》いてないよ」

どう見《み》ても泣《な》いている私《わたし》。無理《むり》のあるウソに、真田《さなだ》くんはそれ以上《いじょう》聞《き》いてこなかった。

「傘《かさ》ないのか？　俺《おれ》持《も》ってるから、俺《おれ》の傘《かさ》に入《はい》って帰《かえ》れよ」

かわりに、真田《さなだ》くんは透明傘《とうめいがさ》を開《ひら》きながら聞《き》いてきた。

前《まえ》の私《わたし》なら、……雫《しずく》の想《おも》いを知《し》る前《まえ》の私《わたし》なら、「いいの？　やったー！」って、喜《よろこ》んで傘《かさ》に入《はい》ったと思《おも》う。

でも……。

「……ううん。入《はい》らない」

私《わたし》は、静《しず》かに首《くび》を横《よこ》にふった。入《はい》れない。入《はい》れるわけがない。

雫《しずく》のあんな気《き》持《も》ちを知《し》ったうえで、相《あい》合《あ》い傘《がさ》をするなんて、ぜったいに無《む》理《り》だよ……。

「忘《わす》れたのに、か？　どうしてだよ」

私《わたし》がだまっていると、真《さな》田《だ》くんは傘《かさ》をとじて、私《わたし》を見《み》つめた。

「じゃあ、ここですこし聞《き》いてもいいか」

「……なに？」

「……如月《きさらぎ》と、なんかあった？　ふたり、最近《さいきん》、いっしょにいないだろ」

落《お》ちついた口調《くちょう》でたずねてくる真《さな》田《だ》くん。

そこには、冷《ひ》やかしたり興味本位《きょうみほんい》で知《し》ろうなんて気《き》持《も》ちは、みじんも感《かん》じられない。

心《こころ》の底《そこ》から心配《しんぱい》していることが、ひしひしと伝《つた》わってきた。

「……」

けれど、私《わたし》は言葉《ことば》につまって、なんて言《い》ったらいいのか、返答《へんとう》が見《み》つからなかった。

かんたんに人《ひと》に言《い》える内容《ないよう》じゃないし、第一《だいいち》、真田《さなだ》くんも大《おお》いに関係《かんけい》してるし……。

「俺《おれ》、豊崎《とよさき》と如月《きさらぎ》を見《み》て、ふたりみたいな熱《あつ》い友情《ゆうじょう》すげえいいなって思《おも》った。自分《じぶん》にも、こういう存在《そんざい》がいたら最高《さいこう》だなって感《かん》じた」

すると、真田《さなだ》くんがそんなことを言《い》いだした。

そんなの……。そんなの、真田《さなだ》くんに言《い》われなくたって……。

「私《わたし》だって、そう思《おも》ってたよ！　……雫《しずく》とは、今《いま》までもこれからも、一生《いっしょう》の親友《しんゆう》だって」

「じゃあ、むきあわねえと。豊崎《とよさき》の今《いま》の素直《すなお》な気持《きも》ち、思《おも》いっきりぶつけてこいよ」

「……っ。でも、……もう、無理《むり》なの……」

ためらって弱気《よわき》になる私《わたし》に、真田《さなだ》くんははっきりと告《つ》げた。

「俺《おれ》は、ふたりはまた親友《しんゆう》にもどれるって信《しん》じてる」

「……っ」

あまりにもまっすぐな視線《しせん》が、私《わたし》の胸《むね》につきささる。

真田《さなだ》くんも、信《しん》じてくれているのに……。私《わたし》が信《しん》じなくて、どうするの……。

心《こころ》にがんじがらめになっていた苦《くる》しみが、徐々《じょじょ》にほどかれていく。

「……あー、やっぱり俺《おれ》、豊崎《とよさき》といっしょに帰《かえ》らなくて、よかったかもな」

「え？」

思《おも》いがけない言葉《ことば》に、目《め》を丸《まる》くすると。真田《さなだ》くんは息《いき》をすって、私《わたし》の目《め》をまっすぐ見《み》すえた。

「俺《おれ》の傘《かさ》、貸《か》すから。そしたら、如月《きさらぎ》んところ、今《いま》すぐ走《はし》っていけるだろ」

……！　私《わたし》の胸《むね》が、大《おお》きく飛《と》びはねた。

「だけど、真田《さなだ》くんが濡《ぬ》れちゃう……」

「なに言《い》ってんだよ。濡《ぬ》れて帰《かえ》るくらい、気《き》にしないっつーの」

真田《さなだ》くんは、力《ちから》づよいまなざしで、持《も》っていた傘《かさ》を私《わたし》にぐっと押《お》しつけてくる。

「豊崎《とよさき》はきっと、如月《きさらぎ》のとこにかけつけるために、陸上部《りくじょうぶ》に入《はい》ったんだよ。その足《あし》を、大事《だいじ》なときに活《い》かさなくてどうすんだよ。……俺《おれ》が背中《せなか》押《お》すから、行《い》ってこい」

その言葉《ことば》どおり、真田《さなだ》くんは私《わたし》の背中《せなか》をばんっと押《お》した。

け、けっこう強《つよ》い力《ちから》……！

たたかれた背中《せなか》をさすりつつ、私《わたし》は傘《かさ》を広《ひろ》げて、ふとふりむいた。

「がんばれ、豊崎《とよさき》。お前《まえ》なら、ぜったい大丈夫《だいじょうぶ》だから！」

「……っ」

笑顔《えがお》の真田《さなだ》くんが、手《て》をふっていた。

また涙《なみだ》があふれた。

それを真田《さなだ》くんに見《み》られないように、私《わたし》はまた前《まえ》を見《み》て、ひたすらに走《はし》る。

……私《わたし》、気《き》づいたことがあるよ。

まっさらで、たしかな恋心《こいごころ》に。


雨《あめ》のなか、雫《しずく》のことを考《かんが》えて、雫《しずく》の家《いえ》まで走《はし》りぬけた。

「はあっ……、はあっ……」

息《いき》をきらしながら、私《わたし》は全力《ぜんりょく》をふりしぼって両足《りょうあし》を動《うご》かしつづける。

バシャッ。水《みず》たまりを思《おも》いっきりふんで、足《あし》もとがぬれても、決《けっ》して走《はし》るのをやめない。

真田《さなだ》くんが貸《か》してくれた傘《かさ》を強《つよ》くにぎりしめて、一目散《いちもくさん》に雫《しずく》の家《いえ》を目指《めざ》す。

ただ大事《だいじ》なことを伝《つた》えたい。それだけの思《おも》いが、私《わたし》の心《こころ》をつき動《うご》かすの。

走《はし》るんだ。ひたすら走《はし》りつづけるんだ、私《わたし》……！　止《と》まってる時間《じかん》なんて、ない！

「……はあ、つい……た……」

やっとの思《おも》いで雫《しずく》の家《いえ》にたどりつき、玄関《げんかん》のインターフォンをならす。

ピンポーンと音《おと》がひびいてしばらくすると、扉《とびら》がガチャリと開《あ》いた。

「しず……！」

「あら、仁菜《にな》ちゃん。どうしたの？」

でたのは、雫《しずく》のお母《かあ》さん。気持《きも》ちが、はやりすぎちゃった……。

「あの、雫《しずく》いますか!?」

息切《いきぎ》れしながら問《と》うと、雫《しずく》のお母《かあ》さんは、困《こま》ったようにまゆをさげた。

「それが……ここ数日《すうじつ》、どこかに寄《よ》ってるのか、帰《かえ》ってくるのが遅《おそ》いのよ」

私《わたし》は、ごくりとツバを飲《の》んだ。

え……？

雫《しずく》が、帰《かえ》ってこない……!?

16 恋《こい》と友情《ゆうじょう》、どっちをとる？

雫《しずく》、どこにいるの？

なんで、帰《かえ》ってこないの……？

私《わたし》は雨《あめ》のなか雫《しずく》をさがしまわって、走《はし》りつづける。

また水《みず》たまりに足《あし》をふみいれてしまい、バシャッと水《みず》しぶきがあがったけど、そんなことを気《き》にしている余裕《よゆう》はなかった。

雫《しずく》……私《わたし》、雫《しずく》にどうしても伝《つた》えたいことがあるの。

もし、もとにもどれなくても、私《わたし》は雫《しずく》のことを親友《しんゆう》だと思《おも》ってる。

私《わたし》にとって、だれよりも信頼《しんらい》できて気《き》が合《あ》って、かけがえのない存在《そんざい》。

かわいくて思《おも》いやりがあって、だれよりもきれいな心《こころ》を持《も》ってる雫《しずく》のことが、大好《だいす》き。

その気持《きも》ちだけは、ずっとずっと変《か》わらないよ……。

「雫《しずく》……！」

おなじみの公園《こうえん》の前《まえ》を通《とお》りすぎたとき。私《わたし》は、見覚《みおぼ》えのある後《うし》ろ姿《すがた》を見《み》つけて、大《おお》きな声《こえ》で名《な》前《まえ》を呼《よ》んだ。

「仁菜《にな》ちゃん……？」

雫《しずく》、いた……！　しかも、よく私《わたし》たちがおしゃべりしていた、あの公園《こうえん》に。

「なんで、こんなところにいるの？　こんなに濡《ぬ》れちゃってるし！」

雫《しずく》はずぶ濡《ぬ》れになりながら、人気《ひとけ》のない公園《こうえん》で、しゃがみこんでいる。

いったいどうして、雨《あめ》のなか、こんなところにひとりで……？

「……キーホルダー、落《お》としちゃって……」

雫《しずく》の小《ちい》さな声《こえ》に、私《わたし》は息《いき》をのんだ。

「……まさか、ずっと、さがしてたの……？」

「最後《さいご》に見《み》たのはここに寄《よ》ったときだから、毎日《まいにち》さがしにきてたんだけど……」

う、ウソ……ウソでしょ？　雫《しずく》……！

「はずしたわけじゃ、なかったの……？」

「……はずすわけないよ……。あんなに大事《だいじ》なもの……」

私《わたし》の問《と》いかけに、雫《しずく》は悲《かな》しそうに答《こた》えた。

そんな……。今《いま》でも雫《しずく》の想《おも》いは、私《わたし》といっしょだったの……？

雫《しずく》もキーホルダーを大事《だいじ》にしていることがわかって、目頭《めがしら》がじんと熱《あつ》くなる。

「私《わたし》も、さがすよ！　ぜったいに見《み》つけよう！」

「ありがとう……」

雫《しずく》の瞳《ひとみ》が、かすかにうるっと揺《ゆ》れた。

ぜったいに、見《み》つけなきゃ……！　私《わたし》は腕《うで》まくりして、公園中《こうえんじゅう》をさがしはじめた。

「……ない……」

……だけど、そうかんたんには見《み》つからなかった。

そりゃ、そうだよね。

この広《ひろ》い公園《こうえん》で、小《ちい》さなキーホルダーを見《み》つけだすなんて、奇跡《きせき》のような確率《かくりつ》だ。

さがしはじめてから、もう一時間《じかん》くらいたつ。

手《て》はもちろんのこと、制服《せいふく》にも泥《どろ》がはねてしまっている。

なりふりかまっている場合《ばあい》じゃなかった。

今《いま》のところ、全《まった》く見《み》つかる気配《けはい》がない。日《ひ》が暮《く》れても、見《み》つかりそうにない。

見《み》つけだすには、相当《そうとう》の覚悟《かくご》と忍耐《にんたい》が必要《ひつよう》……。

……でも、ぜったいにあきらめたくない！

頭《あたま》をつかって、よく考《かんが》えよう。なにか手掛《てが》かりはないかな？

私《わたし》は、やみくもにベンチのまわりをさがすのをやめて、頭《あたま》をひねった。

今日《きょう》は雨《あめ》だったから……もしかしたら、雨《あめ》で流《なが》されて、目立《めだ》たないところに行《い》ってしまっているかも。

落《お》としたのはベンチ付近《ふきん》でも、そこからちょっとはなれたところに流《なが》れてる可能性《かのうせい》もある。

そしたら、こっちの花壇《かだん》の辺《あた》りも重点的《じゅうてんてき》に見《み》てみよう。

……その予感《よかん》は、なんと見事的中《みごとてきちゅう》した。

「……あ」

花壇《かだん》の脇《わき》のくぼみに、きらりと光《ひか》るなにかを見《み》つけた。私《わたし》はそれを拾《ひろ》いあげて……。

「……あ、あった！　雫《しずく》、見《み》つけたよっ！」

それは、大切《たいせつ》な大切《たいせつ》な、おそろいのキーホルダーだった。

見《み》つけだしたくて、たまらなかった……。

うさぎの瞳《ひとみ》がきらめいて、ここにいるよって教《おし》えてくれたみたいだ。

「よかった……！　本当《ほんとう》に、よかった……っ」

雫《しずく》が、涙《なみだ》ぐみながらキーホルダーを手《て》にとる。

「仁菜《にな》ちゃん、見《み》つけてくれて、ありがとう……。これだけは、ぜったいになくしたくなかったの」

「雫《しずく》……」

感動《かんどう》する雫《しずく》を見《み》ていたら、私《わたし》はまた涙《なみだ》がこみあげてきた。

親友《しんゆう》の証《あかし》のキーホルダーを、雫《しずく》がこんなにも想《おも》っていてくれたなんて……。

どうしても、今伝《いまつた》えないといけない。このときを逃《のが》したら、もう二度《にど》と伝《つた》えられない。

そんな気《き》がした。

……たとえ今《いま》、友情《ゆうじょう》がおわることになっても。

「雫《しずく》、ごめん……。本当《ほんとう》に、ごめんね」

今言《いまい》うしかないと思《おも》ったんだ。どうか、どうか……。

息《いき》をすって、私《わたし》は消《き》え入《い》るような声《こえ》で言《い》う。

「……私《わたし》、最低《さいてい》だけど……。真田《さなだ》くんのこと、好《す》きになっちゃったの……っ」

ついに伝《つた》えた……！　雫《しずく》、どんな反応《はんのう》をするかな……？

こわい。こわいけど……。

「……仁菜《にな》ちゃん……」

「だけど、これだけは信《しん》じて。……雫《しずく》のことはもっともっと大好《だいす》きで、だれよりも失《うしな》いたくないの！　……ずっと親友《しんゆう》でいたいの！」

私《わたし》は、素直《すなお》な感情《かんじょう》で、雫《しずく》にまっすぐむきあうことを決《き》めたんだ。

自分《じぶん》にウソをついて、気持《きも》ちをいつわったり、気《き》づかないふりをしたりするのは、もうおしまい。雫《しずく》には、ちゃんと本当《ほんとう》のことを打《う》ちあけて、正面《しょうめん》からぶつかるんだ。

これで親友《しんゆう》じゃなくなっても、かまわない。

せめて、私《わたし》の雫《しずく》への想《おも》いだけは、受《う》けとってほしい……！

「こんなこと、聞《き》きいれてもらえないのは、わかってる。親友《しんゆう》の好《す》きな人《ひと》を好《す》きになるなんて、本当《ほんとう》にひどいよね。……それでも私《わたし》、どうしても雫《しずく》と親友《しんゆう》でいた……」

そこまで言《い》いかけた私《わたし》の声《こえ》は、つづきを言《い》えなくなってしまった。

だって、私《わたし》の体《からだ》を、雫《しずく》がぎゅっと抱《だ》きしめてきたから……。

「仁菜《にな》ちゃん、わたしのほうが、ごめんなさい……！　謝《あやま》らなきゃいけないのは、わたしなの……っ」

耳《みみ》もとで、雫《しずく》の涙声《なみだごえ》が聞《き》こえる。

「仁菜《にな》ちゃんが、真田《さなだ》くんに惹《ひ》かれてるって気《き》づいて。仁菜《にな》ちゃんが自覚《じかく》する前《まえ》に、わたしが先《さき》に協力《きょうりょく》してもらおう、って……。本当《ほんとう》に最低《さいてい》なのは、わたし……」

そうだったんだ……。私《わたし》、そんなのぜんぜん気《き》づいてなかった。

雫《しずく》の口《くち》から伝《つた》えられる本音《ほんね》は、はじめて知《し》ることだらけだった。

「ヤキモチ妬《や》いて、ひどいこと言《い》ってごめんね。キーホルダーもなくして、バチがあたったんだって思《おも》った。ずっと謝《あやま》りたかったけど、罪悪感《ざいあくかん》でいっぱいで、仁菜《にな》ちゃんに合《あ》わせる顔《かお》がなかったの……」

「そんなこと……。ぜんぜん、気《き》にしないのに……」

むしろ、雫《しずく》のありのままの感情《かんじょう》を知《し》れてうれしいくらいだ。

「仁菜《にな》ちゃんとはなれてから、すごくさみしくて、やっぱり仁菜《にな》ちゃんといっしょにいたい、って思《おも》った。わたしの親友《しんゆう》は仁菜《にな》ちゃんだけだよ……っ」

雫《しずく》は、私《わたし》の背中《せなか》にまわす手《て》の力《ちから》をぎゅっと強《つよ》める。

「好《す》きな人《ひと》が同《おな》じでも、わたしと親友《しんゆう》のままでいてくれる……？」

おそるおそる聞《き》く雫《しずく》に、私《わたし》は涙《なみだ》をぼろぼろと流《なが》しながら、抱《だ》きしめかえした。

「そんなの、あたりまえじゃん……っ！　……私《わたし》、めちゃくちゃつらかったんだからっ！」

「ごめんね、仁菜《にな》ちゃん……。ありがとう……」

「うわーん。雫《しずく》、大好《だいす》きっ！」

「わたしも……！　仁菜《にな》ちゃんのことが、大好《だいす》き！」

私《わたし》たちは、ぎゅっとしたまま、涙《なみだ》がかれるまで泣《な》きつづけた。

あまりに切《せつ》ないよね。こんなに仲《なか》がいい親友《しんゆう》と、同《おな》じ人《ひと》を好《す》きになるなんて。

わだかまりが消《き》えても、ちょっぴりしょっぱい涙《なみだ》の味《あじ》がする。

でもね、やっぱり雫《しずく》と親友《しんゆう》のままでいられて、本当《ほんとう》に本当《ほんとう》によかった。

そして、ふと抱《だ》きあっていた体《からだ》をはなした私《わたし》たちは、同時《どうじ》に空《そら》を見上《みあ》げた。

「あれ……雨《あめ》、あがってる」

「わあっ、すごくきれいだね」

雨《あめ》があがった大空《おおぞら》に、見《み》とれるほどの美《うつく》しい夕焼《ゆうや》けが広《ひろ》がっている。

暗《くら》く沈《しず》んでいた気持《きも》ちがすーっと溶《と》けて、明《あか》るく晴《は》れやかな気持《きも》ちがあふれてきた。

やさしい涙《なみだ》で揺《ゆ》れる視界《しかい》に、雨《あめ》の透明《とうめい》な粒《つぶ》をまとって輝《かがや》く花《はな》や葉《は》っぱが映《うつ》る。

まるで大丈夫《だいじょうぶ》だよって言《い》ってくれてるみたいな、あたたかい茜色《あかねいろ》の光《ひかり》が、雲《くも》の切《き》れ間《ま》からキラキラと降《ふ》りそそいだ。

まばゆい夕陽《ゆうひ》に照《て》らされて、過去《かこ》に想《おも》いを馳《は》せている私《わたし》のとなりで、雫《しずく》がつぶやいた。

「……あのときといっしょだね」

「……もしかして、雫《しずく》が気持《きも》ちを伝《つた》えてくれて、友《とも》だちになった日《ひ》のこと？」

「そう。あのときも、仁菜《にな》ちゃんがぎゅっと抱《だ》きついてくれたな、って思《おも》いだしてたの」

雫《しずく》がそう言《い》うから、私《わたし》は思《おも》わず「えっ」と大《おお》きくまばたきをした。

「私《わたし》も、同《おな》じこと考《かんが》えてた！　すごい、完《かん》ぺきに通《つう》じあってる！」

「本当《ほんとう》に？　わたしたち、さすが親友《しんゆう》だね」

明《あか》るく笑《わら》った雫《しずく》の笑顔《えがお》は、すぐにどこか切《せつ》ないものに変《か》わったように見《み》えた。

「……わたしたち、ライバルになっちゃったんだ」

「そうだね……。でも、負《ま》けないよ！」

「わたしだって……！　正々堂々《せいせいどうどう》がんばろう」

この先《さき》、どんな結末《けつまつ》が待《ま》ち受《う》けていたとしても、私《わたし》たちの関係《かんけい》だけは、永遠《えいえん》に変《か》わらない。

かたい絆《きずな》があるだけで、笑顔《えがお》になれる。たくさんの勇気《ゆうき》がもらえる。

私《わたし》、今日《きょう》見《み》た景色《けしき》を、きっと一生忘《いっしょうわす》れない——。


「アイドルと同《おな》じ学校《がっこう》とか最高《さいこう》！　神永《かみなが》くん、今日《きょう》も尊《とうと》すぎる！　リアル王子様《おうじさま》～！」

「私《わたし》の推《お》しは矢野《やの》くん！　音楽《おんがく》の才能《さいのう》があって、かわいい弟《おとうと》キャラなのがたまらない～」

「いやいや、やんちゃで俺様《おれさま》な南波《なんば》くんこそ、最高《さいこう》なんだってば！」

「あれ？　真田《さなだ》くんは——」

サッカー部《ぶ》のイケメン四人組《よにんぐみ》が廊下《ろうか》を歩《ある》くだけで、女子《じょし》たちの注目《ちゅうもく》の的《まと》。

でも、私《わたし》の目《め》にかがやいて映《うつ》るのは、たったのひとりだけ。

「真田《さなだ》くん、おはよー！」

「はよ」

元気《げんき》よくあいさつをした私《わたし》は、ていねいにたたんだ透明傘《とうめいがさ》を差《さ》しだした。

「昨日《きのう》は、ありがとう！　傘《かさ》、助《たす》かったよ！」

「どういたしまして。……それで、如月《きさらぎ》とは……」

ぎこちなくたずねる真田《さなだ》くんに、私《わたし》はにっこりと笑《わら》う。

「……無事《ぶじ》、仲《なか》なおりできました！　真田《さなだ》くんが背中《せなか》を押《お》してくれたおかげ。本当《ほんとう》にありがとね！」

「そうか……！　よかったな。豊崎《とよさき》ががんばったからだな」

きゅんっ。不意《ふい》に胸《むね》が高《たか》なる。まるで自分《じぶん》のことのように喜《よろこ》んでくれる真田《さなだ》くん。

ちょっと、笑顔《えがお》、破壊力《はかいりょく》ありすぎ……！　超《ちょう》カッコいいんだけど……!?

これまでは、ときめくたびに雫《しずく》に後《うし》ろめたさを感《かん》じていたけど、もうその必要《ひつよう》はない。

これからは堂々《どうどう》と、胸《むね》を張《は》って好《す》きだと言《い》える。

どこまでもまっすぐで、芯《しん》が強《つよ》くて、やさしさと思《おも》いやりがあって。

笑《わら》った顔《かお》も、真剣《しんけん》なまなざしも、なにもかもがカッコよくて、まぶしい真田《さなだ》くん。

好《す》きになるのに、時間《じかん》はかからなかった。

真田《さなだ》くんと目《め》が合《あ》うだけで、ときめきが止《と》まらない。

たくさんの想《おも》いが降《ふ》りつもって、恋心《こいごころ》があふれていく。

こんな気持《きも》ちになったのは、はじめてだよ。

「仁菜《にな》ちゃん、真田《さなだ》くん、おはよう」

「雫《しずく》……！」

トクンと胸《むね》を弾《はず》ませていたとき、雫《しずく》がいきなり後《うし》ろから登場《とうじょう》した。

「なんの話《はなし》してるの？」

「へ？　あいさつしてただけだよ？」

「え、ホント……？　楽《たの》しそうだったから、わたしも入《い》れてほしいな、って」

「た、楽《たの》しそうとか、そんなことないよね⁉　雫《しずく》ってば、変《へん》なこと言《い》っちゃって！」

「……？　ふたりとも、どうしたんだよ」

雫《しずく》の積極的《せっきょくてき》な姿勢《しせい》に、たじろぐ私《わたし》と、わけがわからない真田《さなだ》くん。

恋《こい》のライバルとして正々堂々《せいせいどうどう》、とはなったけど……。雫《しずく》、手加減《てかげん》なしだ！

「なに笑《わら》ってるんだよ」

「なんでもないよ？」

なんだかおかしくなってきて、私《わたし》が笑《わら》い声《ごえ》をあげると、雫《しずく》もつられて笑《わら》いだした。

私《わたし》たちの関係《かんけい》は、甘《あま》くて切《せつ》ない三角形《さんかくけい》。
それは、まるでプリズムみたいで、きれいにきらめいているけれど。
恋《こい》の矢印《やじるし》は、思《おも》いどおりの方向《ほうこう》には輝《かがや》いてくれないんだ。
でもね、毎日《まいにち》、七色《なないろ》の虹《にじ》が架《か》かったみたいに、幸《しあわ》せな気持《きも》ちが胸《むね》にともる。
私《わたし》のとなりには、かけがえのない親友《しんゆう》がいて、ときめく好《す》きな人《ひと》がいるから。
『恋《こい》と友情《ゆうじょう》、どっちをとる？』、そう聞《き》かれたら、今《いま》の私《わたし》はなんて答《こた》えるだろう？
それはきっと、どっちもあきらめない、って、答《こた》えるよ！

あとがき

こんにちは！　小桜《こざくら》すずです。

『好《す》きなひとの好《す》きなひと。』最後《さいご》まで読《よ》んでくれて、ありがとう！

初恋《はつこい》の人《ひと》が、大好《だいす》きな親友《しんゆう》と同《おな》じだったら……？　という、切《せつ》なさも詰《つ》まったお話《はなし》でしたが、いかがでしたか？

みんなも、そういう経験《けいけん》をしたことがあったり、もしかしたら、まさに今悩《いまなや》んでいたりするのかな？

すごくむずかしい問題《もんだい》だよね。仁菜《にな》も、作中《さくちゅう》でたくさん悩《なや》んでいました……。

みんなだったら、恋《こい》と友情《ゆうじょう》どっちを選《えら》ぶか、ぜひ仁菜《にな》へアドバイスしてほしいな！

経験《けいけん》のある子《こ》は特《とく》に、エピソードをこっそり、お手紙《てがみ》で教《おし》えてくれるとうれしいです。

そうそう、今回《こんかい》は、遊園地《ゆうえんち》のダブルデートで、仁菜《にな》たちの気持《きも》ちが大《おお》きく動《うご》いていましたね！

作者《さくしゃ》の私《わたし》にも、中学生《ちゅうがくせい》の頃《ころ》、男女《だんじょ》二対《たい》二（親友《しんゆう》の女《おんな》の子《こ》と、同級生《どうきゅうせい》の男《おとこ》の子《こ》ふたり）の仲《なか》よしグループがいました。

テーマパークで遊《あそ》んだこともあったので、今回《こんかい》は、そのことを思《おも》いだしながら書《か》きました。

四人《よにん》でカチューシャをつけて、食《た》べ歩《ある》きをしたり、アトラクションにのるペアを決《き》めたり、ジェットコースターの記念撮影《きねんさつえい》でどんなポーズをするかを話《はな》しあったり……。

何気《なにげ》ない時間《じかん》も、ずっと盛《も》りあがっていた記憶《きおく》があります！

私《わたし》たちの間《あいだ》で、(残念《ざんねん》ながら？)恋愛《れんあい》は全《まった》く生《う》まれませんでしたが……(笑《わらい》)

みんなの恋《こい》バナ、ハマっていること、お悩《なや》みなど、どんなことでもお手紙《てがみ》お待《ま》ちしています。

もちろん作品《さくひん》の感想《かんそう》も書《か》いてくれたら、私《わたし》が喜《よろこ》びます！　個人的《こじんてき》には、仁菜《にな》と雫《しずく》のどっち推《お》しか気《き》になるので、ぜひ教《おし》えてください！

必《かなら》ずお返事《へんじ》を書《か》くよ♪

では、またどこかで、みんなと会《あ》えますように！

小桜《こざくら》すず

※小桜《こざくら》すず先生《せんせい》へのお手紙《てがみ》はこちらにおくってください。
〒101－8050　東京都千代田区一ツ橋《とうきょうとちよだくひとつばし》2－5－10　集英社《しゅうえいしゃ》みらい文庫編集部《ぶんこへんしゅうぶ》　小桜《こざくら》すず先生係《せんせいがかり》

はじめまして！挿絵を担当させて
いただきました桃白です☺
普段は高校生の恋物語を描くことが
多いので、今回仁菜ちゃんたちを描くのが
とても新鮮で楽しかったです！
親友と同じ人を好きになった仁菜ちゃんの
切なくて繊細なキモチなどが、
絵でも伝わってたら
嬉しいです。
ありがとうございました！

集英社みらい文庫

好《す》きなひとの好《す》きなひと。

～はじめての恋《こい》は、三角関係《さんかくかんけい》～

小桜《こざくら》すず　作
桃白茉乃《ももしろまの》　絵

ファンレターのあて先
〒101-8050　東京都千代田区一ツ橋2-5-10　集英社みらい文庫編集部
いただいたお便りは編集部から先生におわたしいたします。

2025年4月23日　第1刷発行

発 行 者　今井孝昭
発 行 所　株式会社 集英社
〒101-8050　東京都千代田区一ツ橋2-5-10
電話　編集部 03-3230-6246
読者係 03-3230-6080
販売部 03-3230-6393（書店専用）
https://miraibunko.jp
装　　丁　大澤貞子　中島由佳理
印　　刷　TOPPANクロレ株式会社
製　　本　TOPPANクロレ株式会社

ISBN 978-4-08-322001-2 C8293　N.D.C.913 188P 18cm

ふたごの兄《あに》がカッコすぎる!
遠山《とおやま》 彼方《かなた》 作
涼《すずみ》 絵
初《はつ》デートは大《おお》さわぎ!?
シスコン暴《ぼう》走《そう》ぎみのふたごの兄《あに》・出雲《いずも》柚月《ゆづき》
ちょっぴり内《うち》気《き》なふたごの妹《いもうと》・出雲《いずも》美月《みづき》
男《だん》女《じょ》ふたごの入《い》れかわり!?
ドタバタ☆ラブコメディ
2025年《ねん》5月《がつ》23日《にち》(金《きん》)発《はつ》売《ばい》予《よ》定《てい》!

＼おまたせ！／

「相方《あいかた》なんかになりません！」の遠山彼方《とおやまかなた》先生《せんせい》の最新作《さいしんさく》！

天草都《あまくさみやこ》

クールだけどとってもやさしい。
美月《みづき》がひっそり片思《かたおも》い中《ちゅう》♡

松本聖羅《まつもとせいら》

明《あか》るくて美人《びじん》な、
クラスの中心人物《ちゅうしんじんぶつ》。
都《みやこ》に熱烈《ねつれつ》アピール!?

長崎《ながさき》こまき

運動《うんどう》が苦手《にがて》なインドア女子《じょし》。
美月《みづき》は仲《なか》よくなりたいと
思《おも》っているけれど……？

恋《こい》のハプニング&《アンド》ふたごのきずなに笑《わら》ってキュンキュンしちゃおう❤

「みらい文庫《ぶんこ》」読者《どくしゃ》のみなさんへ

言葉《ことば》を学《まな》ぶ、感性《かんせい》を磨《みが》く、創造力《そうぞうりょく》を育《はぐ》む……、読書《どくしょ》は「人間力《にんげんりょく》」を高《たか》めるために欠《か》かせません。

たった一枚《いちまい》のページをめくる向《む》こう側《がわ》に、未知《みち》の世界《せかい》、ドキドキのみらいが無限《むげん》に広《ひろ》がっている。

これこそが「本《ほん》」だけが持《も》っているパワーです。

学校《がっこう》の朝《あさ》の読書《どくしょ》に、休《やす》み時間《じかん》に、放課後《ほうかご》に……。いつでも、どこでも、すぐに続《つづ》きを読《よ》みたくなるような、魅力《みりょく》に溢《あふ》れる本《ほん》をたくさん揃《そろ》えていきたい。読書《どくしょ》がくれる、心《こころ》がきらきらしたり胸《むね》がきゅんとする瞬間《しゅんかん》を体験《たいけん》してほしい、楽《たの》しんでほしい。みらいの日本《にほん》、そして世界《せかい》を担《にな》うみなさんが、やがて大人《おとな》になった時《とき》、「読書《どくしょ》の魅力《みりょく》を初《はじ》めて知《し》った本《ほん》」「自分《じぶん》のおこづかいで初《はじ》めて買《か》った一冊《いっさつ》」と思《おも》い出《だ》してくれるような作品《さくひん》を一所懸命《いっしょけんめい》、大切《たいせつ》に創《つく》っていきたい。

そんないっぱいの想《おも》いを込《こ》めながら、作家《さっか》の先生方《せんせいがた》と一緒《いっしょ》に、私《わたし》たちは素敵《すてき》な本作《ほんづく》りを続《つづ》けていきます。「みらい文庫《ぶんこ》」は、無限《むげん》の宇宙《うちゅう》に浮《う》かぶ星《ほし》のように、夢《ゆめ》をたたえ輝《かがや》きながら、次々《つぎつぎ》と新《あたら》しく生《う》まれ続《つづ》けます。

本《ほん》を持《も》つ、その手《て》の中《なか》に、ドキドキするみらい――。

本《ほん》の宇宙《うちゅう》から、自分《じぶん》だけの健《すこ》やかな空想力《くうそうりょく》を育《そだ》て、〝みらいの星《ほし》〟をたくさん見《み》つけてください。

そして、大切《たいせつ》なこと、大切《たいせつ》な人《ひと》をきちんと守《まも》る、強《つよ》くて、やさしい大人《おとな》になってくれることを心《こころ》から願《ねが》っています。

2011年《ねん》　春《はる》

集英社《しゅうえいしゃ》みらい文庫編集部《ぶんこへんしゅうぶ》